海上的眼淚

曾湘綾 著

圖／曾湘綾

寫給驕傲的玫瑰

你是我星球上，驕傲的玫瑰，唯一的玫瑰。

推薦序／迷離動人的光澤

郝譽翔

湘綾這本新作《海上的眼淚》雖是小說，但思維跳躍，彷彿是一首詩，而影像感十足，又彷彿是一幅幅畫的拼貼。所以或許該稱《海上的眼淚》為「詩小說」或「畫小說」吧，更能道出它的美學特質。而它甚至更讓我聯想起了法國的「新小說」，故事撲朔迷離，來無影，去也無蹤，往往嘎然而止，就像是從現實人生中掉落下來的切片，就在驚詫與愕然之餘，卻留下了無限惆悵的滋味。於是《海上的眼淚》也是如此，故事中的男男女女身影來去錯落，在交會的一瞬之間，彷彿什麼都沒說，卻也彷彿說盡了一切。

湘綾下筆的分寸拿捏恰到好處，已臻爐火純青之境，再次展現了她過人的想像力，以及用文字建構畫面的精準能力。故這本書一如其名：海上的眼淚，閃耀著迷離又動人的光澤，讓人忍不住一頁接著一頁讀下去。

※本文作者現為國立臺北教育大學語文與創作學系、臺灣文化研究所教授，曾獲金鼎獎圖書類文學獎、中山文藝創作獎、臺北文學獎、新聞局優良電影劇本獎等。

推薦序／走向生命繁花

悠蘭・多又

從認識湘綾開始，印象裡她總是保持著青春的活力，尤其是她那膝蓋以上的短裙，一頭流瀑般的長髮，以及滿身粉紅的hello kitty，那身日式風格搭配在冬夜寒冷的山景，這裝扮讓人無法不注意她。

我跟湘綾像是交換生命軌道的人，大學前我的生活都與部落生活牽連著，那時的我，整天老是想著要怎麼離開部落、離開山上單調枯燥的日子，考上大學那刻，心願終於達到了，只是沒想到，卻也是離開部落的開始，現在我的生命與部落間的交集是越來越少，待在上山的時間是屈指可數，雖然走過一個部落又一個部落，認識一個又一個族群，少了土地的滋潤，總像個過客飄蕩，老有空虛寂寞之感。而好友湘綾與我是相反的，一個從都會女子單槍匹馬來到山上生活，如同所有認識她或者剛接觸她的人一樣，她身上的時尚味，讓大家都抱持著肯定撐不了太久。真沒想到，這一待就是十二年。在外人看似簡單平凡的山居歲月，她因著真實的生活經驗與人際關係的洗禮，涉入了看似樸素，卻是複雜的部落關係，日常生活裡伴侶、親子、家族、鄰里、友伴、同儕間多重糾葛的關係交雜著，快速累積了她新奇、快樂、驚訝、不解、疑惑的生活經驗，猶如進入獵奇的幻化世界，異於山上族人的成長環境，敏銳的她也見識到一般人看不到的部落生活。十二年對於女人來說，足以從稚嫩的女孩變成少女，也足夠從花樣年華變成熟。於是累積山林生活觀察，結合豐沛的想像力，三年前，她寫出了第一本小說集《黑鑽石》，那是山居生活的總結。

如今，返回故鄉臺北生活，回到自己熟悉的空間，湘綾總算重新找回屬於她生命的節奏，創作的靈感泉源。在親友和愛貓可可、奈奈、糖糖的親密陪伴下，她又重新找回逝去的美好時光，擁有全新的自由、快樂和夢想。

湘綾從自己最熟悉的作文教學再次出發，在教學上找到自信，她一如往常引領學生譜寫文學之真之善之美，分享不同妙筆生花的趣味，驚嘆學生的資質聰穎之際，也不忘拼命的自我督促，每日定時閱讀、書寫，規律的日常生活，讓她不時傳來微小說／詩稿創作，與我分享。那些小而美的文章，足以療癒現代人閱讀上的貧脊，而勤奮耕耘創作的她，三天兩頭總能在各式報紙副刊裡，巧遇她的作品，真確地感受書寫是她生活力量與自信的泉源，聽到她即將出版第二本書《海上的眼淚》，這令人興奮的消息，身為友伴的我，真為她感到開心。

這段日子，湘綾用寫作鼓舞自己，在洶湧的生命浪潮中，追尋足以依憑的海岸。新書出版明白知道她的生活與心境已轉入新方向，在這本《海上的眼淚》每篇文章是她用溫柔的筆觸，持續累績日常生活創作的成果，猶如滴水穿石般，穿透她心中暗黑的山洞，開創新天地，願她的新作牽引著每個心無所依的靈魂，如她般找回自我生命的力量。

※本文作者國立東華大學族群關係與文化研究所畢，曾獲吳濁流文藝獎散文類首獎及第七居居臺灣原住民文學獎報導文學獎首獎。

推薦序／山林裡最耀眼的鑽石

章家祥

在湘綾老師邀請我寫序之初，我欣喜若狂，而沉思片刻又覺困難，因我煩惱著何種的文字，何樣的修辭能夠精準地表達對老師作品的想像與感受。

後來，我決定用最簡單的文字來表達這樣的情感。

初識湘綾老師，還是在部落小學上作文班時，那是小二的午間，捧著書包坐到位置上，雙眼直盯著眼前，穿著截然不同的女子，梳整著流利的長髮盤在頭上，揮舞著報紙，談論著文字的美好。我們相識也近十二年，漫漫的文學道路，我們習慣用聊的，聊出一番風光明媚，從小五開始，每每與老師談論起散文與小說，總是萬分的歡喜，甚至誤了回家的時刻。最令我難忘的是，小學時還曾拿著用襪子製成的芭比服裝給老師瞧瞧，她誇讚了我手做的服裝，那時，是除了母親之外，第二個喜歡這個作品的人，我知道她是與眾不同的，非常臺北，請容許我這樣的說法，她不論在何時或何地，擁有自己的一片蔚藍。

湘綾是我的老師、朋友與家人。一年又一年地成長，啟蒙並鼓舞我的文學種子，永遠忘不了，升上國一的那個暑假，她曾經對我說過的話：「你現在寫的不是作文，而是創作」彷彿我是一個作家，那是排山倒海而來的榮耀，我明白文字不是單純的排列組合，而是汲取他人情感與想法的彩虹，連接著人與人的心靈。

部落的生活非常豐富，有山川、河流與動植物，老師奉獻了她的太陽與月亮，閃耀著一片幽黑寂靜，她的故事，跳動著，不是書寫萬年舊景，確是抒發著雙眼裡的迷霧與霓虹，山林裡最耀眼的鑽石，滋潤著臺北文學的沼地。

※本文作者臺大人類學系二年級，曾獲第七屆臺灣原住民文學獎新詩佳作。

自序／喜歡你

那天午夜，雨下的好大，我的貓，突然想起什麼似的，瞄嗚了兩聲，問我，可以喜歡你嗎？我因為埋首趕稿，並沒有理會牠。

一會，貓掙脫掉綁在脖子上那根細細長長的繩子，又繞到我的身邊，用牠那張毛絨絨的可愛小臉頰，耍賴似的磨蹭我的腳，又瞄嗚了兩聲，彷彿繼續探問，我可以喜歡你嗎？

這回，我佯裝沒聽見，僅僅把牠抱起來，摸摸牠，掐掐牠粉嫩的臉頰，然後把牠放在腿上，依舊盯著電腦螢幕，苦惱著該如何修改我的小說。

貓似乎感受到我的困境，不再發出任何的聲響，只是將牠小小的頭，將牠軟綿綿的身子，輕輕的窩在我的身體，蜷縮進我的懷裡，也悄悄的豎起牠尖尖的耳朵，安靜且溫柔的，偷聽我，撲通撲通的心跳聲。

於是奇異的事發生了，頃刻間，我發現自己，何時變成貓，守候在影子可能出現的每個角落，也許是清晨湖畔的咖啡館，玫瑰盛開的轉角書店，櫻花燦爛的山林，或者潮浪翻湧的沙灘，無人聞問的碼頭，甚至是古代兩軍交鋒的沙場，王者綻放花火的海岸，月色中寂寞的書房。也許，什麼地方都是，也什麼地方都不是。

唯一不變的，我驚覺自己，如同我的貓，化成窗外的雨，不斷對著世界，對著逝去的美好時光，消失的影子，輕輕的瞄嗚、瞄嗚，喜歡你，我喜歡你，我可以喜歡你嗎？

即便世界不再運轉，背離所有的過去，忘了時光是如何深深為影子撲通、撲通的心跳。一會，我的貓，不知怎地，又抬頭望著我，彷彿說沒關係，還有我，還有我，會喜歡你。永遠，永遠。

圖／王聖彤

〔目次〕

3

5

電臺裡的女人｜201

1

傳說

流盪在記憶的光芒
閃爍一場邂逅
在最近星星的地方
說一個
無人知曉的傳奇
跳上她的時空列車
趕在天亮以前
許一個今生的願
騷動起寂靜的夢
幻化一段又一段
神祕撼人的
奇幻回憶

——章家祥

圖／王聖彤

天還沒亮

天還沒亮

天還沒亮，老太太就出發了，她帶著小鏟子，背著竹簍，把自己包裹著密不透風的，經過山村的獨木橋，一個人走進茂密的樹林，計畫將收攬在腰際的南瓜種子，潑灑在丈夫遺留給她的土地上。老太太提醒自己今天手腳要俐落些，必得趕在那老不死的男人現身之前，將種子散播出去，圍住亡夫心中的地界。

恰如兩個禮拜前，老頭將她栽種多時，已然青翠亮眼的蔬菜，趁著天還沒亮，一株一株的毀壞，之後，不忘狠心的放火燒光殆盡，不留半點痕跡。老太太今天也學老頭起個大早，如法炮製，把他辛辛苦苦種植在蔬菜壙前的香蕉樹，連根拔起，任意拋棄在山谷。想再過幾日，換他嘗嘗這椎心刺骨的滋味，發現自己耗費心神培育的香蕉樹，到頭來竟成了破壞山林美景的垃圾，想像老頭氣的快發瘋的模樣，老太太內心便感到無比的痛快。

離去前，老太太更不忘將放在竹簍內，亡夫的那張遺照，牢牢地懸掛在林內住屋的門前，她要過世多年的丈夫，為她為兒女為孫輩永遠、永遠守護這片原該屬於他們家祖傳的山林。據聞，當天午夜，便傳來那老頭意外猝死的消息，聽說是到後山他強占的地，除草、種香蕉，不知被什麼，給活活嚇死的。

（聯合報，二〇一四、一、二六）

一千隻嘴巴

兩個老婦，坐在公園。望著，車來人往，不斷，蜚短流長。好像，全世界的人，都虧待她們。直到，自己鼻樑下的，一千隻嘴巴，都累得喘不過氣來，直到死神摀住耳朵，將她們封印，變成啞巴。

整個墳場，總算，第一次安靜下來。

（聯合報，二〇一四、五、一九）

山窮水盡

米缸，空了。冰箱甚麼東西也沒有。妻子望著空空如也的櫥櫃，不禁悲從中來。丈夫依舊坐在房間，振筆疾書，偶爾伸伸懶腰，又埋首繼續創作。已經一個星期，妻子到處賒帳借貸，勉強維持生計，不敢驚擾房裡的丈夫。

如今，再也瞞不住了。妻子苦惱著，該如何對丈夫據實以告。念頭一閃，房門逕自打開，丈夫筆下的黃金、珠寶、瑪瑙，美酒、佳餚、山珍、海味，全數冒了出來，爭相問她，夫人，還缺甚麼。

（聯合報，二〇一四、五、二八）

午後

午後，熾熱的艷陽將整座森林揮灑的金碧輝煌，恍若綠色的宮殿。一輛銀色的跑車，滑行在千迴百折的山徑。車裡的中年夫婦，沿途傾吐彼此的人事紛擾，不忘將頭探出窗外，讚嘆如風揚逝的美景。

以致沒察覺，發燙的柏油路上，有道小小的銀白色光芒，正隨著豔陽中婆娑的樹影，緩緩移動。一步一步，朝著他們的跑車逼近，直到那道閃爍的光芒，消失於他們疾駛而過的輪下。妻子才驚呼，「啊！我們好像壓到甚麼。」

而此刻，就在剛剛離車不遠的草叢，有道巨大的銀白色光芒，正以飛快的速度，穿過柏油路，如風覆蓋在他們的車頂。

（聯合報，二〇一四、六、二）

打獵

今晚，他背著家人，跑到山上打獵。先是飛鼠，後是麻雀，再來是小山豬，臨走，又抓了幾隻竹雞。整個晚上，他東奔西走，終於，滿載而歸。

第二天清晨，家人扛著槍枝，正打算出門打獵。卻驚覺門口，獵物堆積如山，屋外，掙脫繩索的狼犬，早已累的呼呼大睡。

（聯合報，二〇一四、六、二九）

風

每天清晨伊娃從住家走下來，穿越風一般的草原，經過部落唯一的橋，再轉個九十度大彎，掩身進入綠色如茵的森林，邊走邊吟唱古老的歌謠，暗自期盼引起誰的注意，進而聆聽她的心房。

每天，每天，週而復始，從清晨走到太陽跌入山谷，才停下腳步，將掌中的種子，一顆又一顆的撒入芬芳的泥土，看午夜月光投射的幻影，浮漾在初萌的嫩芽間。

恍若才伸手，繁星自墨藍的天際，紛紛墜落，伊娃知道，那是過世多年的丈夫，對她的承諾。不要怕啊，只要妳站在如風無所不在的，我們的草原我們的森林我們的土地我們的種子裡，親愛的，我將永遠與妳同在。

（聯合報，二〇一三、一二、二〇）

家裡蹲

男孩蹲在家裡，他的狗，蹲在家裡。整整一個早上，整整一個夜晚。他的哥哥，騎著摩托車帶著女朋友，來了。看著男孩，不久，學他，蹲在家裡。他的舅舅，看著他們，好奇地，轉個兩圈，坐在狗的旁邊，順勢蹲了下來。整整一個夜晚，整整一個早上。

奶奶要上班，扛著竹簍，沉重的行李，走過兩個孫兒和女孩的旁邊，也繞過獨子跟狗的身旁，走出家門，禁不住回頭，嘆口氣，望著她生命中，無比沉重的，負擔。望著他們，天上的黃金，究竟，何時落下。

（聯合報，二〇一四、七、二二）

跳進去，車子立刻動起來，女人示意司機，趕緊上路，再遲些，怕就要來不及了。這幾天氣溫驟降，眼看著周遭的一切，結霜的結霜，凍僵的凍僵，似乎要失去生存的勇氣。女人知道，若是再這樣惡化下去，毀滅的時刻，即將來臨。

因為實在冷，司機將車內可以開的暖氣全數啟動，也因為趕時間，更將車輪轉換為飛航的模式，特意設定成光速。同時，女人一邊焦慮地看著窗外不斷流逝的景物，一邊慌亂地望著手錶裡的螢幕，陸續傳來世界各國地殼變動的消息，先是歐洲、美洲，再來是澳洲、非洲，最後連亞洲都跟著相繼淪陷了。

車窗外，女人不可置信地看見地面上的房子，全數動起來，爭先恐後地在白雪紛飛的午夜，往前衝，跟在房子的後面，竟是遍地的哀嚎。

在女人眼底，不過幾秒，世界已陷落成一片荒蕪的極地蠻荒。直到女人在司機的即時救援下，停靠在未來機場，總算鬆了口氣，發誓再也不玩這擬真的遊戲。

（聯合報，二〇一四、八、一九）

勞動者

從小在農村長大的他，自幼喜歡勞動，家中大小雜務由他承擔也不喊累，特別是農事。親友本以為他是天生過動，後來才知道那是他的偏好。為了不剝奪他難能可貴的興趣，認識他的親友，無不把農務丟給他，樂的坐享其成。

三十年了，就在這樣馬不停蹄的勞動中，除了農務，他也學會各式各樣的謀生技能，猶似擁有某股強大的能量。如今他豐富的學識與經驗，更讓他躍昇成一個聞名國際的考古專家。

即便如此，只要一有機會，他仍不放棄勞動，返鄉下田耕作，繼續沉浸在播種、除草、插秧、收成的愉悅，興奮不已，彷彿那是他存在的價值。

同他交往過的女子，對於他善於勞動的特質，印象深刻外，莫不嘖嘖稱奇。分手之後，全都懷念與他相戀的日子。那時的他，與其說是情人，還不如說是她們的奴僕來的貼切。

按常理，才貌兼具又任勞任怨的他，應該是女人夢想的白馬王子，可末了，為什麼全都棄他離去。據他女友們不解追憶，同他約會，不是談如何施肥、套袋，就是到農具行挑選鐮刀、鋤頭，回鄉砍草種菜。好像他愛戀的對象是田園，不是依偎在旁邊的妳。於是這麼多年來，他的勞動，無不吞噬他的生活，盤據他的感情。

剛剛博物館送來一批埃及文物，託他今晚通宵務必將它開箱驗定，因為明早就要正式展出。他坐在昏暗的地下室，盡可能小心揭露那沉睡千年的祕密。當他打開箱子，神情專注的盯著木箱裡那一尊尊神態各異的雕像，想著方才資料上記載的傳奇。

午夜時分，他一個人獨自靜靜數著、看著、翻著無數的資料和箱子，檢查陪葬俑手持的各式農具。時間跟著一分一秒的流逝，周遭冰冷的空氣漸漸凝結在他蒼白的臉顏，直到他的聲音，他疲憊的眼神也停留在最後的箱子，他才猛然發現那個箱底，根本沒有任何東西。就在他覺察的瞬間，一個黑影竟自鑽出他的腦門，變成他的身體，也躺進箱子裡。

第二天一早，他發現自己竟然跑到博物館內，手持鋤頭、鐮刀和昨晚其他受檢的陪葬俑排成縱隊站在櫥窗裡供人參觀也動彈不得，眼睜睜的看著另一個自己，同觀光客解說陪葬俑的典故，跟他們共同合影留念。

（人間福報，二〇一七、九、二六）

墓碑

門開了，又關上。有兩個動作慢的，差點被急駛的車子摔出去，一會兒，接連兩道大轉彎，坐在前面拿著拐杖的男人，緊緊握著椅子上的把手，深怕不留神，就要跟著窗外的山景彈飛開來。

坐在男人後面不遠的三位白髮蒼蒼，滿臉皺紋的女人，交頭接耳的細聲抱怨著，好像說，每次搭這部年紀跟他們不相上下的車子就要提心吊膽的，想著這該不會是親姊妹的最後一趟旅程。

於是環顧四周，不難察覺，除了那個留著落腮鬍，忙著橫衝直撞的司機外，整輛車子恍若跌入時光的隧道，回到了半世紀前的繁華，那年，他們都是青春的兒女，無法想像自己也會衰頹，所有的病痛與擔憂，一如傳染病，會由父祖輩的身上轉移到他們的靈魂。

此時此刻，在車上每一張時而安穩、時而驚慌不已的臉孔，或坐或臥，或牢牢握住眼前所能依賴的，足以承擔他們力量的事物，哪管是座椅、拉環、窗戶，甚至是司機的馬尾，任何可以握在手中的，都不容他們錯過。

半小時驚恐的旅程，總算過去了，當大家鬆口氣，打算拿出年過七十的免費車卡，愉悅地離開，那個綁著馬尾的司機，終於不懷好意地對著每個人說：「剛剛，我還以為載的是墓碑呢。」

（聯合報，二〇一四、二、一六）

霧

車子穿行在筆直的公路，妻子因為疲倦，早已睡得不省人事。而窗外的霧氣，跟著他開車的速度，逐漸變濃，甚至有霧，由縫隙，飄了進來。

沿岸這帶，時常會有霧出現，幾回妻子在途中，總提醒他要當心，更陪他穿過濃霧，平安歸來。

可今晚，霧比以往更加暴烈。無論車子，如何加足馬力，依然擺脫不了濃霧的追擊。

逐漸地，霧，從四面八方，穿越他，鑽進妻子昏睡的臉龐，瀰漫了整個車身。自此，再也沒有人，見過他們回家。

（聯合報，二〇一四、九、一六）

有人敲門

有人敲門

有人敲門。

他躺在床上，聽到屋外有敲門的聲音，先是輕輕試探，後又慢慢將力道加劇，好像深怕屋內沒人，或者屋內有人，卻故意置之不理。他看著窗外，雨下得越來越大，電視機傳來主播報導入夜後氣溫驟降的消息。想該不會是負氣離家的妻子，忘了帶開門鎖，被困在門外。倘若是，那最好，再讓那個趾高氣揚的千金小姐多敲幾下，敲到他氣消為止。

他把電視的聲音轉得更大，大到足以掩蓋屋外更形急切的敲門聲，他要趁機狠狠地教訓妻子，讓她知道誰才是一家之主。等妻子在屋外忍受寒風的吹襲，雨水的潑灑，她才會反省自己是多麼的刁蠻任性，丈夫對她又是如何的包容疼愛。他滿足的想著，隱隱感到頭昏，屋內似乎有怪味傳來。好像是……好像是甚麼味道啊。隔天報紙刊登，莽漢不理妻子敲門警告，屋內瓦斯漏氣，一命嗚呼。

（聯合報，二〇一四、六、一〇）

吉屋出租

整棟屋子，都是畫。他發現新租的公寓，從客廳到房間，掛滿各種動物的畫作。他覺得有趣，約了好友到家中欣賞。那晚，大夥酒酣耳熱，不忘對牆上的動物，逐一點名。這是獅子、老虎，那是雲豹、大象，一陣嬉鬧完畢，全數醉得東倒西歪。

兩天後，屋子承租的公告，又貼了出去，房東打掃公寓，不忘抬頭，擦拭牆上的畫作，露出，淺淺的微笑。

（自由時報，二〇一五、一二、一三）

老大

他，黑衣、黑褲，跟在老大旁邊，逞凶鬥狠。兩分鐘後，重來，又是衝鋒陷陣，最完美的演出。

離開鏡頭，他的手機響了。老大，老大，我們的貨，被抄了。要不要以牙還牙，殺他媽的，片甲不留。

（聯合報，二〇一四、九、二四）

忘記

一早醒來，他發現腦子空了。什麼都記不得。連老媽昨晚要他喝的雞湯，也放在桌上餿掉。可手上卻平白多只昂貴的手錶。怪的很，是誰給的，他是怎麼想也想不起來。去上班前，打開衣櫃，又發現成排的收納架上，閃亮地掛著好幾件名牌的襯衫和西裝外套，全是價值不菲的高級品。以他微薄的薪資，是絕對買不起的。

起初以為是老媽的愛心，後來才知道，根本是自己從精品店添購的衣物。如果是這樣，又是哪來的財力？正當他百思不解，電腦即時傳來一張收據，明細寫著：「記憶已更新。再次感謝你提供新鮮的記憶，報酬已匯入你的帳戶，請查收。」

（人間福報，二〇一五、九、一四）

秀色可餐

餐桌上，她正坐著品嘗他為她準備的佳餚。

她得意的笑著，並且要求他新端的那道雞肉沙拉，口味可以再淡一點。

他看著她，也微笑走進廚房，繼續烹調他剛剛準備好的食材。她也看著他，數落一遍他身上結實的肌肉、平坦的小腹以及他那個極富彈性的屁股，從頭到腳。也如餐桌上的美食一樣，秀色可餐。

腦海裡同時也閃現出丈夫禿頭、短腿、肥肚不堪入目的身影。都是三十而立，卻有異樣的風景。她想。

就在她冥想的片刻，他走了出來，神色之間夾帶點興奮的表情，手上捧著新蒸的水餃，也散發出一股迷人的香氣，那味道聞起來多麼熟悉，猶似她身上的氣息。

味道可以嗎？他綻開性感的嘴唇，突然熱情的貼著她的耳根輕聲細語，他的心，瞬間就要蹦跳出來，也裝進他精致華美的餐盤，滑進她櫻桃般的嘴唇裡，讓她細細咀嚼，一次又一次，品嘗他，甘甜的滋味，也彷彿美食當前。

爾後，他走了出來又走了進去，她的眼神隨他飄忽不定的身影，在餐廳與廚房之間，穿梭不停。她小小的胃，跟著他，美食當前，也緩緩脹大，宛如即將爆裂的汽球。

可餐桌上的佳餚，卻彷彿沒有休止的痕跡，反而一道比一道鮮美、精致，一道比一道更加勾引她的感官、味覺。如同他，他的廚藝，隨著各式美食現身，也漸次佔領她和她的愛情。

直到他再次來到她的身旁，輕輕詢問，還有什麼需要品嘗?倘若沒有，也是她該付出代價的時候。話一說完，只見他站在她身後，打開她的腦殼，竟自吃了起來。

（聯合報）

命運

午夜，他在書桌，專心閱讀。門外，有腳步聲，漸漸逼近。沒多久，整間屋子，亮了起來。

女人回家，坐在電腦前，繼續完成她的偵探小說。絲毫沒覺察，小說中的兇手，正拿著利刃，準備改寫自己的命運。

（聯合報，二〇一四、一一、三〇）

城市咖啡屋

拍照以後他坐在那裡已經幾個鐘頭，先前點的咖啡早就冷了。

發現他沒有氣息的人是那個正準備要關門的侍者。

法醫檢驗結果，沒有任何外傷沒有任何自殘現象，他的死，連一滴血都沒留。也因為他的死因太過離奇，這家擁有迷人造景的咖啡屋的生意為此一落千丈，再也沒有人敢到那兒用餐、逗留。

日子一久，原本裝潢精致的咖啡屋，逐漸變成一座蛛網叢生的廢墟。儘管它位於城市最喧鬧、繁華的地區。夜晚只要行經這裡，還是沒有人不心懷恐懼。

她為了拍照繳交畢業報告，聽同學建議也來咖啡屋附近取景，聽這兒居民回憶才知道她眼中的奇幻風光，過去居然是命案現場。驚訝之餘也心生好奇。

這天傍晚她揹著相機獨自撥開沿途漫生野草，亦步亦趨走進這沉寂已久的小屋。打開門，屋內除了那張斑駁發黃的照片，所有的陳設異常潔淨，並沒有傳言中的靈異恐佈。這景象似乎有人來過的痕跡，仔細嗅聞，還能聞到一縷煙香縈繞不去。

坐在吧臺前，她想像過去這裡曾經有過的繁華景象，衣香鬢影的都會男女，發生過的聚散離合，以及無數個人生悲喜，想像如果命案發生時她就在這裡，目睹那人冰冷的屍體，她會怎麼因應？

邊想也邊拿起肩上的相機，往周遭拍了起來，先是窗前的銀杏、風鈴，繼而是桌上盛開的蓓蕾，設計奇特的擺飾、畫作。她從走廊穿到吧臺又自那兒轉向有庭園造景的咖啡座，一逕看著、走著、拍著，期待自己能夠在短暫的時間裡捕捉全貌。甚至能察覺些什麼？直到她拍進吧臺前那張泛黃照片，她的相機也同時目擊照片中的暗影。

整個屋子突然沒來由響起陣陣輕柔樂音，四周開始變的人聲鼎沸，她看見原本沉睡的咖啡屋彷彿活了過來，她點了一杯拿鐵之後有個侍者向她詢問先生你還需要什麼？剎那間，自己居然變成那個猝死的男人抽煙也微笑拒絕，看見他突然仰頭問，妳也看見了嗎？就在這時，所有景物便消失在煙霧中不見蹤影。

醒來她已經不在吧臺，渾身都是雨後泥濘，眼前的咖啡屋依舊如昔。蛛網依然磐結。她從窗外的草叢裡爬了出來，才想起相機還在吧臺。這下心中縱使害怕，也不得不重回屋內歷險。

午夜時分她再次打開咖啡屋，這回眼神變的惶恐不安，深怕之前的異常景象又纏身，她穿過走廊繞過那張泛黃的照片小心翼翼的也拿起吧臺上的相機，正打算拔腿離開。卻發現整座咖啡屋闖到她眼前，自己竟然揹著相機在照片中狂奔不已，她看見那個傳言中猝死的男人坐在吧臺也微笑的說，妳怎麼現在才來，我等妳等的好苦。

兩個月後，拆除大隊發現她坐在咖啡屋的吧臺，身旁除了一部生鏽的相機還有一張泛黃的照片。而她，早已氣絕身亡，如同那個猝死的男人一樣，沒有流下半滴血也沒有任何他殺的痕跡。

（皇冠雜誌二〇一七、四月號）

哦，妳住在哪裡

傍晚，雨下的好大，她幾乎沒有考慮，就跳上車。等她坐定，後視鏡裡那雙猥瑣的眼睛，無預警的跟著突然爆開的歌聲，攫住她蹦跳不已的心房。

因為這樣，沿路空氣沈悶到足以讓世界毀滅。她滑著手機，不斷盯著機面上閃爍不停的訊號，佯裝聽不著詭異歌聲裡，隱隱的威喝，彷彿說，哦，我知道，我知道，妳住在哪裡，從妳一上車起。

有半秒鐘，她的心，就要跟著車窗外的暴雨，竄了出來。

直到車子停在十字路口，直到她，被急駛而過的救護車，穿了過去。她才想起去年的今天，是她的忌日。

（自由時報，二〇一五、四、一一）

偷

幾天以來，屋裡的東西，接二連三被偷。他坐在房間，看著來往的訪客，不是左鄰右舍，就是親友的臉孔，沒有陌生的足跡。即便閉路電視，也只有他們進進出出的身影。

可，房間的東西，確實，日漸稀少。先是書桌，再來是衣櫃，更誇張的是，今天連門口的盆栽，也被人搬得無影無蹤。為了查明真相，更為了不再有損失，他決定將房間裡的每一樣東西，都綁上鐵鍊，以確安全。包括他自己。

於是，他守著閉路電視，守著房間，看著來往的訪客，左鄰右舍，和親友的臉孔，眼睜睜地，看著自己綁上鐵鍊，再一次被抬進，冰冷的精神病院。

（聯合報，二〇一五、六、二五）

爺爺的家

他躺在客廳的沙發，吃著從冰箱裡拿出來的零食，邊看電視播出的節目，邊聽電話的留言。留言裡有個年輕的女孩尖著嗓子大叫，爺爺，爺爺，我是小美啦，現在是美國時間的半夜，爸媽要我掛電話給您，祝您生日快樂，他們要我提醒您記得到郵局去領他們送給你的生日禮物，不要再像去年那樣忘記領了。緊接著，電話那頭傳來一陣嬉鬧的祝賀聲，險些把他的耳膜震破。

然後，他聽見電話傳來嘟嘟兩聲，又是幾通親友祝賀的留言。此刻，窗外烏雲密布，好像快下雨的樣子。躺在客廳沙發裡的他，站了起來，輕輕把窗戶關好，看了看窗外，爺爺還是沒有回來，他想，也好，爺爺放在冰箱內吃剩的燒雞還有半隻，待會用微波爐熱一下就可以當晚餐。於是入夜，他愉快地從冰箱裡取出燒雞，才打算放在廚房裡的微波爐加熱，誰知吃了感冒藥，昏睡一整天的爺爺，忽然從房間裡跑出來，鐵青的臉也質問他，「你是誰啊？怎麼會在我家。」

（聯合報，二〇一四、六、一〇）

誰是兇手

「這兒發生命案。」司機對著剛上車的男人說。

「哦。那兇手抓到了沒？」男人坐定後，隨口回應。

「沒有。」沉默了許久，司機從後照鏡，一直冷冷看著男人。

「那查出兇手是誰了嗎？」男人被司機盯的全身發麻，禁不住問。

「沒有。」司機邊答，邊瞪著男人，眼睛彷彿要噴出火來。

「唉，不知道誰是凶手？那可危險了。」男人喃喃自語，神情開始慌張起來：「你想，誰是凶手？」

「那你想呢？誰是凶手。」司機看著後照鏡裡的男人和自己，幾乎同時拿起預藏的利刃，正要朝對方刺去。

（自由時報，二〇一四、一〇、二五）

雙生記

雙生記

才進家門，母親不解的望著他：「你不是要去約會，怎麼又回來？該不會東西忘了拿？」

「沒有啊，我剛下班耶。」加上今天，已經好幾回了，不只母親，連同他的上司、同事、女友小憐，都跟他說過類似莫名奇妙的話。彷彿，有誰搶先一步剽竊他的人生。

今天更誇張，小憐羞答答的對他說：「你昨晚跟我求婚，想了很久，決定答應你。」

天啊，不會吧。心想，究竟是誰替他惹的麻煩。猛一檯頭，鏡中的自己，對他露出神祕的微笑。

（聯合報，二〇一五、二、三）

最後的光芒

返鄉以後，穿過一座幽深的竹林，往斜坡走，便是記憶中渺無人煙的三合院。果然，還沒走到門前，就看見泛著月光的螢火，倒映在透明的窗臺裡，閃閃爍爍，彷如迷途的星星。

可以想見，家園四周景色依舊，繚繞於屋舍的墳瑩，依舊漫天蘆葦飛揚，散發神祕的氣息。既連門口那株樹影婆娑的百年老榕，院落沈睡的水仙，荷花池畔的楊柳，都一如往昔，靜靜守候，猶似等待著什麼。

忽然，一陣風，把門輕輕吹開。院落突地竄出陣陣急切的腳步聲，還來不及張大眼睛，只聽見耳際傳來咔嚓、咔嚓的爆烈聲響，愕然驚見，滿地都是黏稠的汁液，連同他幾萬隻翠綠的金龜子，正痛苦的在月光下，不斷的掙扎，閃爍著最後的光芒。

（青年日報，二〇一六、六、三）

風車之旅

下了二高交流道沒多久，就能看見成排的大風車矗立海岸線，頃刻之間，映入眼簾的是一望無垠的碧海藍天。

大約是依山傍海的風車美景，太過動人，使得這對開車途經的夫妻，因路況不熟，在穿越幾座廢棄的橋墩，無數偏僻狹小的巷弄後，竟然迷路了。

丈夫只得硬著頭皮，任車子在逐漸逼近的暮色裡，一次又一次，闖進猶如迷宮般的田埂，一回再一回，彎彎曲曲的繞行，在大風車的凝視中，重蹈覆轍。

心焦如焚的妻子，耐不住性子，終於出聲探詢：「喂，你到底認不認得路啊，這樣瞎轉下去，天都快黑了，到時候想找出口更難。」

令人驚愕的是，丈夫還來不及怒火中燒回嗆妻子，剛才還在海岸線愉悅旋轉的大風車，居然全都圍攏了過來，一個接一個彎下身子，從流動的車窗外熱切的詢問：「是不是迷路了啊？要不要我們幫忙。」

（自由時報，二〇一六、一〇、一）

小熊維尼

她站在書店猶疑一下，還是付了錢，拿走那本小熊維尼。回家躺在床上休息，還不忘拿出小熊維尼閱讀。

不過，怪的是，才看兩頁，就眼皮發酸，昏睡過去。連續三天，都是如此。彷彿，小熊維尼，是上帝派來的催眠大使。

可書既然買了，總要閱讀。今晚，在入睡前，她又拿出她的那本小熊維尼閱讀，醒來時，卻發現這個老愛穿著一件紅衫的可愛天使，不見了，而自己居然坐在小熊維尼的房子裡，穿著鮮紅的衣衫，肥嘟嘟的傻笑著。

（人間福報，二〇一四、一二、一）

山中傳奇

午後，他領著學生穿越大街小巷，不久來到一處廢棄的村子。村子內外，除了他們，和幾隻流浪犬，沒有任何足跡。偶爾抬頭，還可以看到遠方有棟藤蔓纏繞的木造建築，隱身在山嵐雲霧間。

他記得，童年總愛同妹妹跑到木屋玩耍，聽村人說，那裡是可怕的鬼穴，所有森林中最嚇人的妖怪都聚集在哪裡，準備吸食小孩的靈魂。學生好奇地問他，真是這樣嗎？

豔陽下，熱氣蒸騰，他，禁不住吐出舌頭，扭動光滑的軀體，笑著說，別聽村人胡扯，那裡可是我們修行的聖地，不信，你們瞧。話才講完，飛快地鑽進木屋，牆上、地下，到處都是和他一樣，扭動的身影。

（聯合報，二〇一五、七、二二）

白襯衫

醒的時候，他穿著一件白襯衫。窗外下起大雪，屋裡的暖爐正劈哩啪啦的響著。四周靜極了，似乎什麼人也沒有。

起身，取走床頭的牛仔褲，飛快穿好，來到化妝鏡前，盯著新剪好的俐落髮型，他有種安心的感覺。昨晚突發的事件，依然安靜如窗外無聲墜落的雪。

除了白襯衫，除了他鮮紅的嘴角，似乎沒有人察覺昨晚那個女孩在為他換上白襯衫以後，也倒在他的懷裡，以她的死亡，奉獻出她的愛情。

（自由時報，二〇一五、一、四）

石獅子

學校來了兩頭石獅子。端坐在校園內，栩栩如生。一旦接近，足以令人膽戰心驚。

入夜，兩個不知天高地厚的小子，打了賭，想試試石獅子的本事，是否能將他們生吞活剝。

一試之下，颯颯的冷風，席捲全校。獅吼聲，佔領，整個暗夜。回神之後，小子們，不見了。月光靜靜照著，全新的，石獅子。

（聯合報，二〇一五、一一、一九）

男孩

從傍晚開始，男孩目不轉睛守著女人，窗外的天色，望著男孩專注的臉顏，漸漸變成一片灰暗。男孩聽見隔壁，有人回來，又有人出去，那雙烏溜溜的眼睛，依舊專注盯著女人，絲毫不敢喘息。直到躺在房間，昏睡的女人，終於醒了，拿起畫筆，紙上的男孩，總算，動了起來。

（聯合報，二〇一五、九、二）

前世今生

叩，叩，叩。午夜時分，莫名傳來斷斷續續的敲門聲，她推了推睡的昏昏沉沉的丈夫，也搖搖擺擺伏案起身查探個究竟。古怪的是，方才緊閉的門扉，居然透進一絲絲奇異的光芒。她站在虛掩的屋內，彷彿窺見輕靈的風，躍入前世明媚的月光。

頃刻，院落的春櫻，忘情地在她纖細的指尖飛舞。啊，她又想起那童稚的笑顏，如雪初降的眼神，念起那柔軟的姿態，嬌弱的音色，是如何眷戀她的胸懷，又如何如何捨不得她離去的背影。

是的，就在今夜，空氣中隱然有牠穿越的身影，越過今生，再一回要賴地窩進她微隆的腹部，一如往昔。

（聯合報，二〇一四、一二、一四）

穿過全世界的眼前

槍聲一響，他以子彈般的速度，穿過全世界的眼前，輕而易舉，贏得奧運游泳金牌。他的家人，望著螢光幕，激動地為他喝采，不只一次忘情的露出頸項的魚鰓。

（聯合報，二〇一四、二、二八）

情人

女孩穿著碎花洋裝，望著鏡子，抿了抿嘴唇，想像情人見到她時，喜悅的表情。

幾分鐘後，情人果然匆匆趕來，捧著一大束玫瑰，走進咖啡廳。女孩看見，禁不住站了起來，朝他飛奔而去。

奇異的是，情人穿過女孩，沒有停留，繼續往另一張笑顏前進。那時誰也沒察覺，牆上海報裡的女孩，瞬間不見蹤影。

（聯合報，二〇一四、四、二）

惡夢

一陣劇烈的搖晃，猛然襲來，似乎有甚麼飄浮在空中，地面的龐然大物，正愉悅地吞噬掉眼前所有的事物，衣櫃、沙發、床、電視、按摩椅、書桌、妻子、兒女、溫暖的家，還有他新鮮的腦子。

自從地球遭到汙染，科學家偕同醫生研發出對抗惡劣環境的方式，瞞著世界，祕密的在深海幾萬公尺下，藉由基因的突變，讓人類擁有壁虎的再生能力。

今天輪到他做實驗，一次，兩次，三次，他的腦子，不斷冒出來，又狠狠被吞噬，長在胸口的眼睛，哀傷的看著，走不出記憶的他，即將淪為廢棄物，夢的奴隸。

（聯合報，二〇一四、一、二四）

窗臺上的黑貓

大清早，教室內跑來一隻黑貓，黑貓蹲在透明的窗臺上，瞪著一雙烏溜溜的眼睛，緊盯著畫室裡的學生作畫。這時，正在教同學素描的美術老師見了感到十分有趣，不由得拿起炭筆朝著窗臺上的黑貓描繪了起來，幾分鐘後，一隻栩栩如生的黑貓，映入大家的眼簾。

畫室內的學生看了美術老師的作品，無不驚呼連連，讚嘆聲四起，即連窗臺上的黑貓窺見，也禁不住跳下窗，緊緊盯著自己的畫像，久久不肯離去。當美術老師憐愛的撫著黑貓的頭，撫著黑貓亮如星辰的毛髮，微笑地低頭探問，咪咪，你覺得像嗎？一瞬間，畫裡的素描，突地喵了兩聲，跟著窗臺上的黑貓，雙雙鑽出教室，在眾人的驚嘆聲中，溜的不知去向。

（聯合報，二〇一四、一、五）

黑色時光

候車亭的最後一班車，就要開了。男人穿著那件黑色的風衣，坐在寒夜裡。門外，逐漸昇騰的霧氣，讓他憶起多年前，那場，無端的相遇。

那時，他們都還年輕，一揮手，便是燦爛的青春。走到那兒，全是燕聲耳語。女孩總愛靠在他肩頭，輕輕的笑著，也微微仰首，要他許下些什麼。

猶如此刻，要男人，穿上那件她為他，用時光換來的，黑色的風衣，和她一起躺進，他們永恆的夢境。

（聯合報，二〇一五、四、二）

騷動之後

他躺在床上，抱著軟玉溫香，屋外一片騷動。醒了以後，餘香猶在，伊人卻失去蹤影。走出新建的亭臺樓閣，寂靜的氛圍，瀰漫整座巍峨的建築，除了周圍的大軍依舊林立，美酒和佳餚，早已蕩然無存。

走下樓，環顧城池內外，素日乘坐的華麗馬車，數十輛仍然停靠在各個城門的角落，女奴、僕役也安靜的依次排列在皇宮，等待他的發落與差遣。他的聲勢，一如以往，威震四方。既連養在城門外數千頭畜生，都震懾於他的天威，不敢抬頭。

領著一大群觀光客，不忘喧鬧地，玩賞他永恆的王國，撫摸起他永世效忠的士兵。秦俑。

（聯合報，二〇一四、四、一四）

百年之戀

百年之戀

他進去了。高個子的男孩，像以往一樣，站在書架前，翻看詩集，露出淺淺的微笑。她藏著，跟著，直到他走遠，也閃爍著明亮的雙眸，嗅聞著，詩集內，那只夾帶著淡淡幽香的短籤。

就這樣，魚雁往返，高個子的男孩到圖書館，變成她每天甜美的期盼。沒有人知道，那沉寂了許久，熾熱如火的大膽詩句，因為祕密的約會，重新點燃。高個子的男孩，暗夜以後，會成為，靈動的詩篇。

啊，方才他又走進來了，像以往一樣，將他寫好的短籤，夾在詩集裡，她發現，在他每回離去的夜晚，百年前，她完成的詩集，又無端，添了新頁。

（聯合報，二〇一六、二、一四）

暴雨來襲

午夜挺進森林，暴雨即將來襲。緊密門窗後，幾個怯懦的傢伙，老早縮成一團，全身顫抖的等待惡運降臨。

領隊跑到前座，朝窗口東張西望，想著遊覽車快要磨破的輪胎，怎禁得起沿途陡峭的地勢，料不準何時碰上山壁，奔馳的方向就要偏了，連車帶人跌入萬丈深淵。

於是乘客一路被這可怕的景象嚇得魂不附體，口中不斷喃喃禱告，祈求大家能平安脫困。放眼望去，全車唯有駕駛不為所動，照樣在荒郊野嶺，橫衝直撞。

等到提示燈亮了，螢幕閃動著，新車安全系統測試通過，周遭喧嘩的人聲雨音，瞬間消失於駕駛的耳際。

（聯合報，二〇一六、五、二七）

來自晨光的消息

晨光乍現，枕下的手機，突地震了一下，螢幕如常閃現熟悉的消息。如果沒記錯，連同今天，他的殷勤問侯，整整持續三日。她不否認，起初因為好奇，便也回了幾句，試探他的底細，猜測摸索以後，對方究竟有幾分誠意。

她想，倘若只是遊戲人間，那倒如魚得水，各取所需，彼此都犯不著為往後傷神。可令她意外的是，他斷斷續續的消息，卻越來越柔情似水，她的心，居然跟著每日手機螢幕上，晨光乍現的溫暖問候，越來越迭蕩不安。

有時，她仍在睡夢中，卻恍惚聽到什麼，微微憾動，自幽深的暗夜傳來。彷如遇見他，笑意燦爛的眼神，正穿透手機冰冷的螢幕，忽隱忽現的，為她驅離寒夜的淒清。

一個月過去，那來自晨光的消息，依然溫軟如昔，準確無誤的撫慰她寂寥的心，試探她如常平淡乏味的生活，會不會因為手機最新研發的愛情軟體，有了令人驚豔的成果，同時，不忘為她寄上最新一季的帳單。

（聯合報，二〇一六、九、一三）

午夜的列車

午夜的列車，就要啟動。空蕩的月臺，寂寥的人影，倒映出鏡中的臉顏，更顯冷清。偶爾不遠處，傳來幾聲急促的吠叫，都要令人感到份外驚心，以為有什麼將要發生，在這月色迷離的時刻。

每天晚上，他在窗前，聽列車急駛而逝的轟隆聲，穿越每一座城市幽深的巷弄，彷彿忘情的駛進記憶裡無垠的金黃色麥浪。他都能看見青春的自己，坐在火車那個靠窗的位置，對他微笑，露出兩頰的梨窩。

那年午夜的列車，總是開的很慢，慢到足以讓他輕擁窗外燦爛的星空，嗅聞到指間隨風掩藏的麥香。而那些倒映於窗鏡，搖曳生姿的麥浪，更恍如舞動於月光中的潮水，不斷在他耳際輕輕拍打，交織出曼妙的天籟。

於是不只一回，他搭著午夜的列車，在時光旅行。看著往昔，第一次搭上火車，帶著滿滿的喜悅，也是最後一次，將生命中最浪漫的記憶，獻給一場突發的意外。

（自由時報，二〇一七、一、八）

小紅的故事

奶奶離家前，交待小紅把門窗關好，如果有人敲門，要問清楚是誰。奶奶還說，微波爐有披薩，餓了就當點心吃。

她坐在窗口，看奶奶走遠了，立刻掛電話約隔壁的毛毛來陪她吃披薩看鬼片。過去都是爸爸摟著她看的，自從爸爸離家就只剩下毛毛願意陪她被鬼嚇也不喊無聊。

可今晚很怪，打了電話都不見毛毛來接，她不放棄，又掛了幾次，後來毛毛雖然接電話，卻好像聽不到她的聲音。無論她怎麼在電話那頭臭罵他白癡、笨蛋，毛毛還是渾然不覺。

一氣之下，小紅決定獨自享用奶奶今晚特地為她準備的批薩，打開電視準備看鬼片，這時屋外卻傳來急切的叩門聲。好奇的小紅打開門上的圓窗偷窺，令她驚愕的是，除了耳際越加急切的撞擊，窗外什麼也沒有。

這下糟了，她真的撞邪，像奶奶素日恐嚇：「小紅，妳老愛看鬼片，當心那天鬼王抓妳去當他的新娘。」由於越想越害怕，小紅決定亮出爸爸送她的十字架，想透過上帝的力量，消滅無形的鬼怪。但是沒用，門外的撞擊，依舊猛烈，幾乎要把她家掀了開來，直到屋內的小紅被嚇的暈了過去，叩門聲總算漸漸平息。

醒來時，只見爸爸坐在床頭，緊緊握著小紅冰冷的雙手，哀傷的透露，妳和奶奶昨晚出車禍，所幸醫生整夜用電擊棒全力拯救，才保住妳這條小命。

此刻小紅總算想起昨晚奶奶出門訪友，實在不放心留小紅看家，最後決定帶她同行。可還沒走到巷口，一道刺目的光芒，便飛快從小紅手中，奪去了奶奶的性命。

（自由時報，二〇一六、一〇、一五）

空屋

自從回家，女人老是失眠，常常半夜驚醒，醒來不只聞到房間飄散著一股淡淡的氣味，還聽見隔壁空屋傳來各種細微的聲響。有時是嬰兒的哭叫，有時是貓咪的嘶吼，更有時是夫妻斷斷續續的爭執。

女人記得，那空屋荒廢已久，可以預料，打開門，非但四處充滿霉味，屋子周遭，更是蛛網盤結，陰氣森森。按常理說，無論何時，絕不可能有半點聲音出現，除非有誰裝神弄鬼。

為了調查真相，女人壯膽，夜夜到空屋打探究竟，只不過今晚還來不及出門，便傳來隔壁巨烈的聲響，聽見有人對著她痛斥，夠了沒，明明是妳在房間開瓦斯尋短，咎由自取，幹嘛要天天鬧得我們一家大小，不得安寧。

（聯合報，二〇一六、八、二九）

廉價的心願

她望著從暗巷突然閃現的人群，不約而同往捷運行去，口中還不忘喃喃念著，只要一元，就能達成心願。驚訝的看著老婦剎間抓住她說，來，繳一元，也加入我們的行列。一元買心願？儘管覺得荒旦不經，她仍好奇想探知到底是誰拐人騙錢?!於是她尾隨老婦悄悄跟去捷運一探究竟。

古怪的是，無論她怎麼亦步亦趨跟著，每當她快要追上，老婦就消失在眼前。沒兩秒，又被遠遠甩在後頭氣喘如牛，好像不管她如何加快腳步，都無法趕赴他們的盛會。除非，除非她也甘心吐出一元……

念頭才轉，她望著自己竟然加入行列，與陌生人有說有笑，猶似久別重逢的老友。她低頭看著自己，一如老婦，爭先拋售起心願，發現她把剛剛贏得的無數個一元，丟進捷運，也目睹大家開始鼓譟、騷動，群聚在門口，彷彿等待著什麼。

等待著走進捷運的老婦，恍若蛇蛻皮般，傾刻變成婀娜多姿的少女，剛剛站在她不遠的禿頭，隨著老婦進入車站，毛髮也變的濃密萬分。瞎眼的、斷腿的、原本百病叢生的同伴，一個個都在進出捷運後，變的手腳靈活、眉目清朗。連她的荷包都隨著進到捷運的步履突然暴增，如泉湧出數不盡的財富。哇！一元當真能實現心願。她看著更形鼓脹的荷包，臉上滿是感激的眼淚。全然沒有察覺方才吞下一元的捷運，正偷偷背著她張開大嘴，吸進突變也狂喜不已的人群，恍若達成心願般，激動的滴出口水來。

（自由時報，二〇一六、九、二四）

爺爺的雨靴

夜很深，其他的鞋子都入睡，只有雨靴醒著。雨靴忘不了，爺爺去果園施肥砍草時，總喜歡穿著它跋山涉水，幾年來，跟著爺爺東奔西跑，來回征戰，著實去過不少地方。

要不是爺爺已往生，雨靴想，老人家肯定會實現他的承諾，帶它到各地觀光旅遊。辛苦了大半輩子，追隨爺爺度過無數的悲歡歲月，彷彿是雨靴該有的報償。

爺爺走了，不只家變的四分五裂，連幫鞋子擦亮抹淨的人也沒有。有的只是爭產的紛亂與手足的相殘。若是爺爺還在，見了，必定氣的穿上它，離家遠行，永不復返。

天，眼看要亮了，再不走，就要來不及，心頭一緊，雨靴頭也不回的，踏出家門，迎向山野的晨曦，也改變了隔日就要被垃圾車載去焚毀的命運。至於其他的鞋子，依然睡的香甜無比。

（人間福報，二〇一五、一、八）

離星星最近的地方

其實，我已經忘記那個森林怎麼去了，只記得那是離星星最近的地方。

那年，帶我去森林探險的叔叔，只曉得我很愛坐在他的肩膀上，看暗夜裡在樹林之間奔竄的飛鼠嬉戲，玩著叔叔頭上的探照燈，聽他碰的一聲，就把崖壁中跳躍的山羌給嚇跑。

那時，扛著我在墨綠色森林裡，四處遊蕩的綁著馬尾，留著長鬍鬚的叔叔，總不忘笑著問我，小姑娘，要不要我把天上的星星摘給妳，戴在妳烏亮如瀑的秀髮上，讓翠綠色的希麗克鳥，為妳吟唱古老的歌謠，讓月光下浮動的銀河，為妳寫出動人的詩篇。

啊，這彷彿是上個世紀的美好記憶，自從我告別童年，再也沒有見過那位站在星空下，如風拂過暗夜的叔叔，自然再也沒有去過那個離星星最近的地方，我們祕密的森林。

（人間福報，二〇一五、一、三〇）

少女

大約小四那年，我趁著放暑假，回臺南老家玩。每天天還沒亮，就被奶奶叫醒，揉著惺忪的眼睛，陪她到後院菜園翻土施肥，順便採收翠綠的絲瓜和蕃薯葉。

我記得，就在後院不遠，老是可以看到一個白衣少女，站在晨光中，癡癡的笑著。偶爾，發現我盯著她看，還會露出迷人的微笑回應。就這樣，每天晨起種菜，能夠遇見少女，變成我內心深處小小的期待。想著，或許我們會成為朋友。可期待，終將幻滅。

我清楚的記得，暑假某日清晨大雨，我站在後院，看著少女被送往精神病院，親耳聽她的家人說，總算擺脫掉這個累贅。不知怎地，我的淚，在雨中，便無端的落了下來。

（人間福報，二〇一五、一、三〇）

2

奇幻人間

清晨鳥鳴的露滴
透漏繽紛絢爛的
水光山色
山頂的那一端，佇立
她的霓虹，不曾
不曾缺席
山巒纏綿的層霧
偷藏風景
等待撥雲見日
直到隆起
迷幻島嶼

——章家祥

圖／王聖彤

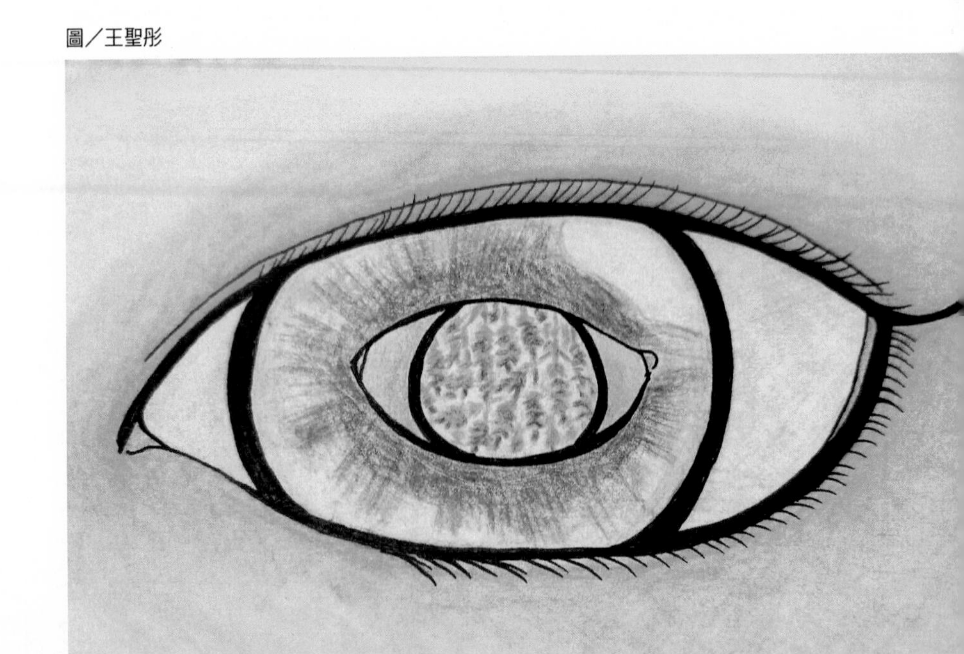

鳥

鳥

穿過時，沒覺察，那棵矗立在草原中間的榕樹，有絲毫的動靜。倘若有，也不過是風吹過樹葉的輕音。因為放心，所以當她躡手躡腳地，提了一大袋從百貨公司，買回來的時尚精品，覺得無比自在，蹣跚的腳步，也變的份外輕盈。

於是才三分鐘，橫跨社區草原，返家的路程，四周的風景，竟也有了如詩的美意。就在她幻想自己是貴婦名媛，走在非州一望無際的草原時，她那頭剛在美容院新燙好的鳥窩，突地感到一陣巨烈的疼痛。

等她抬頭，只覺天空一片灰暗，巨大的黑影，穿過榕樹，從葉隙，瞬間撲了下來。

（聯合報，二〇一四、七、二三）

吻

餐廳的門，才打開。耀眼的陽光，便闖了進來。放著白茉莉的窗臺，只見女孩藏在角落，輕笑著，不知瞧些甚麼。

不一會，那個有著海洋般藍眼睛，衝浪回來的男人，也跟著午後的微風，拂過臺前淡雅的花蕾，來到女孩的身邊。

男人深深望著女孩，認真地說，我想用我的吻，換妳桌上美味的比薩，女孩禁不住，笑了。一點頭，翻飛的髮絲，竟成了男人唇間，綻放的春天。

（自由時報，二〇一五、六、二六）

坎坷人生

拿到劇本，翻了兩頁，發現從頭到尾，他只有一句臺詞。為了闖出名號，隔天照舊演出。個把月後，臺詞沒有，僅剩搬道具可做。為了繼續撐下去，他一樣移的勤快。

整年過去，電影公司倒閉，除垃圾外，什麼也不剩。為了證明自己曾經夢想過，他如常將過剩的精力，獻給屋內奔竄的鼠輩。

半世紀，轉眼揚逝，在一場名為「坎坷人生」的終身成就獎中，他總算如願以償，獲得大家的肯定。

（自由時報，二〇一四、一〇、四）

雨窗

孩提的她，總喜歡坐在窗口，望著美麗的景物。特別是雨天，老愛探頭讓冰涼的雨絲，滑過她粉嫩的臉頰，穿行在鼻樑之間，彷彿雨不再是雨，而是一顆顆擁有魔法的小水滴。

只要她展開雙臂，讓雨洗滌，就能翩翩飛舞。那時，再也沒有誰可以阻止她奔向遼闊的草原，蓊鬱的森林，投向深不可測的海洋。

即便雷電交加，只要在雨中，奇異的，便能聽見自由。一如此刻，倒映在雨窗，她背上，那雙靈動欲飛的翅膀。

（人間福報，二〇一五、一、三〇）

美食家

太陽西沉，伙房的鍋爐跟著滾燙了。他站在牆邊，左顧右盼好幾回，決定跟在新來的學徒後面，查探有無挑剔的地方。心想，今晚的菜色，千萬別像昨晚那道清蒸黃魚，空有華美的軀殼，卻無鮮甜的口感，讓他食之無味，棄之可惜。
也因此，為了保住美食家的名號，不毀於餐館的手上，他決定亦步亦趨，一道道品嘗，務求身歷其境，找出最令他銷魂的美食。嘗盡無數道菜之後，他在餐桌上，猛然發現草莓蛋糕，啊，那是店內招牌的甜點，平常不預訂，甭想吃到。於是，等不及客人先品嘗，便貪婪的塞進嘴裡。
隔天，餐館送來的早報，頭版標題寫著，五星級法式料理館，美侖美奐的餐桌底下，赫然橫躺著鼠屍，在那嘴角，似乎還留有草莓的殘渣。
（聯合報，二〇一四、六、一六）

送行

女孩回眸一笑，所有的時間彷彿都靜止。此刻，男孩的耳邊，正傳來火車緩緩進站的聲音。男孩眼見，女孩逐漸在視線裡，模糊成淡色的山影，遠遠嗅聞，車站燥熱的空氣中，恍惚還有女孩髮際留下來的，海洋般，清涼的氣息。
於是，癡癡望著女孩微笑的臉顏，漸漸消失在火車，匆匆揚逝的笛音。剪票口前，不禁哭出聲的男孩，終於想起女孩臨別的承諾：「你為我流的每顆眼淚，一定會化為我掌上的珍珠。」
（自由時報，二〇一五、七、二五）

惻隱之心

走過寺廟，才發現四周，除了那個坐在菩薩面前念經的施主外，就只有趴在廟門前，不斷對著他搖尾乞憐的小狗。

由於起了惻隱之心，他隨手取了供奉臺上的祭品，一隻雞腿，往廟門外輕輕丟擲。只見餓得骨瘦如柴的小狗，飛快地銜住雞腿，蹣跚消失在門口。他因為好奇小狗的去處，便追了出去。

等走進一看，才發現廟門外，偏僻的角落，竟躺著渾身發臭的老頭，嘴角正含著雞腿，在小狗面前，激動地流出淚來。

同時，聽見不遠處，傳來廟中誦經施主氣急敗壞的聲音：「哪裡來的小賊，竟敢偷菩薩的祭品，送老乞丐，和那隻髒狗吃。」

（自由時報，二〇一五、七、一一）

遠方的寂靜

突然有風，吹進了屋子。他聽見牆上的時鐘，傳來細微的輕響。才轉身，他發現自己，躺在遠方，一片綠色的原野。

熾熱的豔陽，正灑下耀眼的金光，停靠肩頭的粉蝶，在他眼前，舞動繽紛的花影，蘆葦間，彷彿有孩子的足音，緩緩接近。

啊，那是童年，笑得無比燦爛的玩伴們，爭著拿捕蟲網，追逐蜻蜓，在蔚藍如鏡的晴空下，跳躍，奔跑，要他遺忘，歲月的催逼，來到他們遠方的，寂靜的草原。

（人間福報，二〇一五、八、二一）

把腦

把腦

女人感情受挫，意志消沉。聽朋友勸，決定去看病，走進醫院，人滿為患。看病前，個個愁眉苦臉。看病後，紛紛笑逐顏開。女人見了，不免欣喜。

終於，輪到女人。她習慣性地伸手，讓醫生診脈。沒想到，醫生竟起身，打開她的腦子，悉心的診斷起來。後來聽說，把腦這玩意，確實，救了不少人。

（聯合報，二〇一四、九、二四）

女孩的布偶

女孩疼惜布偶。鎮日，如影隨形。布偶也是。全心全意，愛著女孩，寸步不移。時間，一點點流逝。

布偶如常，默默，坐在角落，望著，心愛的女孩，逐漸，變成美麗的少女，也將布偶，推入，灰暗的世界。

許多年過去，女人發現，衰老的臉顏，已不復美麗，一如往日，被她拋棄的，醜陋的布偶。

（人間福報，二〇一五、一二、二一）

失憶

他什麼都不記得了。站在馬路，不知該往何處去，今晚是跨年夜，到處都是人海車陣，燈火燦爛。唯有他心底一片灰暗，怎麼都想不起來自己的身分背景，還有家人朋友，甚至忘記年齡性別。

就這樣一直孤獨孤單地在街上徘徊，漫無目地的在四處晃動，期盼有誰能認出他，叫出他的名字，讓他終結這場長達，唉，不知多少年的航行。

終於，也寸步難行了。他躺在繽紛的寒冷的夜，月光中，倒映出一枚，無比蒼白的，影子。

（自由時報，二〇一五、三、一五）

涼椅上的男人

男人，躺在涼椅。公園，樹影婆娑，花香搖曳。有人帶孩子經過，手上的氣球，迎風飄向天空。仔細聽，好像可以聽到空氣間，隱隱有種子流浪的清音。那男人，躺在涼椅上，似乎也恬靜的，享受這季節的流動。

幾天後，躺在涼椅上的男人，一如幾天前，恬靜的安睡。鄰近的樹影中，彷彿有什麼，飛來轉去。一個星期了，新聞主播哀痛地陳述，涼椅上的男人，總算，讓公園的管理員，嗅到他，早已腐臭的味道。據聞當時，花香搖曳，公園，依舊，樹影婆娑。

（聯合報，二〇一五、二、三）

超級名模

靠右邊，對，對，這樣很好。再靠左邊一點，給我些笑容，不錯，很棒。就是這樣。她看著攝影師開心的模樣，知道自己肯定又是這期國際雜誌的封面。很多年了，全球數一數二的媒體，都有她亮麗的倩影，沒有誰可以取代她在時尚界的地位。

梳妝鏡前，她得意地笑著，慢慢卸下她的容顏。先是拿下金色的假髮，再來是藍色的眼珠，高挺的鼻子，白皙的耳朵，還有豐唇。她打開行事曆，啊！下午要拍京都風情，不久，又打開箱子，拿出博士特地為她訂製的，烏黑的假髮，黑色的眼睛，圓潤的鼻子，秀氣的耳朵，和櫻桃般的小嘴，也裝了上去。

隔壁等她的攝影師，不耐煩地對著助理吼著，叫那個機器人，動作快點。

（聯合報，二〇一六、一二、一二）

毀了你

明天要出國，男人忙著列印旅遊行程。窗外的風雨越來越大，偶爾，傳來幾聲雷鳴。

幾分鐘後，列印機依然持續卡紙。氣急敗壞的男人，禁不住怒火，語出威脅，再這樣搞，就要毀了你。於是砰砰兩下，當真往列印機狠狠砸去。

只見書桌上的列印機，頃刻站了起來，扯住男人的手，瘋狂地吸了進去，又吐了出來。紙上的男人，卻怒火未消，依舊張牙舞爪的咒罵著，我要毀了你。

（聯合報，二〇一四、一〇、一四）

預兆

颱風來了，大水就要衝進來了，狗和貓和人，你推我擠地，全爬上了屋頂。不知怎地，觀眾席上的人，跟著哄堂大笑了起來。

走出電影院，大家的臉色，一陣鐵青。眼前，整座城市，歷經前所未有的狂風暴雨，終於陷入一片，汪洋大海。

（聯合報，二〇一四、五、二八）

鮮花

每天清晨，世界各地的馬路上，都會出現一束鮮花。有時是百合，有時是茉莉，更有時是芬芳的玫瑰。大家都不曉得鮮花是誰送的，只知道從一個月前，就不斷有鮮花現身在這裡。

經過馬路的人看了，無不驚嘆鮮花的美麗與芬芳，卻始終沒人敢撿，包括掃地清潔的員工。深怕拿起鮮花以後，自己會受到意外的詛咒，或者，惹上甚麼不必要的麻煩。每個人的心中，滿是猜疑、恐懼和冷漠。

他們寧可放著鮮花，一天比一天，枯萎、變色乃至於發臭。到最後，整條馬路上全是腐敗的氣息，也不願讓花入土為安。上帝撥開雲層，嘆了口氣，下令死神恢復容貌，將手中的鮮花，再度換上銳利的斧頭，一併收回，給世界亡靈，臨終前的慈悲。

（聯合報，二〇一六、一一、二二）

起死回生

起死回生

躺在床上，他明明記得，昨夜的惡鬥，身中五刀，而且刀刀要害，照理他應該「掛了」，怎麼還會有活命的可能。

一下子，他兄弟來了，個個憤憤不平的要為他尋仇，約好了今晚，在老地方動手，必要殺的敵方片甲不留。

扭不過大伙的盛情，入夜以後，他又和昨天一樣荷槍實彈，領著肝膽相照的弟兄們，來到陰森森的暗巷，就待仇家出現，砍個痛快。

剎間，燈，亮了。只聽見屋外傳來婦人斥責的聲音：「弟弟，你再敢玩電玩，看我不把你的電腦砸爛才怪。」

（聯合報，二〇一五、八、二三）

甚念

寫了幾封信，他都沒回。女人想起他，是她傷心時，唯一的依靠。女人喜歡讀他的信，他如風般，優美的詩句，是她心中，永恆閃爍的星辰。

可近半年，女人始終沒有他的消息，無論她如何在信上措辭嚴謹，如何哀怨淒絕，他也始終沒有任何的回音。彷彿，他只是一個幻影，她失意時，夢中的港灣。

女人記得，他最後一封信，分明寫著，甚念，分明對她，還有一絲的眷戀。於是熬不住內心的焦慮，她也寫了最後一封信。不到幾分鐘，電腦就傳來回音，信上寫著，我先生說，他的手，不能動了，他要我告訴你，以後他的信，都由我代筆。

（世界日報，二〇一六、六、二四）

秋歌

風一吹，荒野的小徑，便也落了，遍地的楓紅。男人的足音，跟著風，飄蕩在林間。

入夜以後，坐在月光裡，望著繁星，徘徊於天邊，葉與葉的細縫中，閃閃，爍爍。男人，那遠行的身影，彷彿不捨，滿山的暗香，殊不知，隨處可及，蜿蜒的輕愁，越發深了。

（自由時報，二〇一五、一一、一三）

記憶的邊境

黃昏時，不知怎地，雨落了下來。無端驚醒的他，仰頭望向窗外，霞光山影，剎時模糊成一片水色。

突然，有人悄悄走進他的眼眸，甚麼話也沒留。只是靜靜的，把攬在胸口的祕密，放在他的掌心。彷若，要他收藏，永恆的記憶。

記憶中，靦腆的月色，漫天閃爍的星辰，還有落在時光裡，宛如此刻，朦朧的雨，微微波動的心音。

（自由時報，二〇一五、八、二二）

頂樓

和女友分手，他萬念俱灰，決定以死解決內心的痛苦。站在頂樓，腳已經橫跨在欄杆上，底下是呼嘯而過的車聲、人影。正當他想結束生命，視線裡突然跳出長髮飄逸的女子，和他一樣站在對面的頂樓，腳橫跨在欄杆外。女子似乎發現他也有尋短的念頭，朝他望了一眼，便揮揮手。

於是他掛在欄杆上，好奇的看著女子，對他釋出最後的善意，從皮包內取出菸，望著女子手忙腳亂的尋找可以點燃的東西，他順勢將口袋的打火機，丟了過去，聽見來不及拋到對面的打火機，撲通兩下，就這樣消失在底下嘈雜的人影、車聲。看見自己和女子，同時露出詫異的眼神。

一年後，恰巧在企圖輕生那天，親友也同時收到他們的喜訊。

（聯合報，二〇一六、六、三〇）

臉書之愛

一封信傳進來了，她打開私訊，輕笑了起來。臉書上，祕密的愛人，說她是最美麗的星辰，整夜，整夜，他都期盼躺在她璀璨的眸光。

然後，全辦公室的嘴巴，不忘偷偷地，刺探她。難以相信，年過不惑的女子，會有什麼驚心動魄的戀曲。

又有封信傳進來，這回，不只她臉書上的私訊，有浪漫的誓言，整個公司，剎時，陷入電腦中毒的恐慌。

（聯合報，二〇一五、一二、一三）

心中的王子

時光凝視幽深的巷弄，卻始終望不見盡頭。那天聽周末夜市來擺攤的算命師追憶，自從白醫生車禍死後，再也沒有誰見過他的獨子白月。整座日式庭園，因為年久失修，又乏人照顧，越發顯得蒼涼起來。

忘記有多久，每回返鄉，我總情不自禁的站在這條深不見底的巷口，想像自己還是當年綁著兩條髮辮的小丫頭，暑假時天天和玩伴穿過陰森的長巷，偷偷翻牆溜進白醫生家的園子，悄悄躲在琴房的窗口，靜靜等著俊逸年少的白月現身，坐在那架黑的發亮的鋼琴前，用他一雙修長白皙的手，彷彿為我們輕輕按下琴鍵，微漾出午后繽紛的彩虹。

那年才十歲的我，總是幻想著，哪日能成為白月的新娘，為此，更常常孩子氣的跟玩伴爭執著，誰最美最聰慧最有資格，將來能贏得白月的寵愛，像童話裡美麗的公主，只等著長大成人，陪伴我們心中的王子白月，永遠快樂幸福的生活。

其實，當時的白月，身染重病，總是面無血色，氣若游絲，鋼琴甚至不能久彈，也許生性溫柔的白月，早發現我們幾個女孩，老喜歡藏在窗臺，暗暗聆聽他，為了不讓大家失望，即便身體不適，依舊堅持在每天午後來到琴房，為他的小小「知音」演奏吧。

如今夜半時分，偶爾在陣陣寒風裡，鄉民恍惚聽見，日式庭園傳來幽幽的琴音。於是故鄉的好事者，不免紛紛猜測，肯定是白醫生的獨子白月回來了，可沒幾日，隨著午夜樂聲隱匿，傳言隨即消失在風中。

（人間福報，二〇一六、一一、九）

聆聽時光的祕密

黃昏將近，天空忽地飄起雨來，一滴、兩滴，先是跌落在窗臺，後又輕輕襲入臨窗的書桌，宛如記憶中祕密的海洋，幽幽喚醒沉睡在案上的詩歌，頃刻，所有逝去的流金歲月，竟成了我筆下躍動的文字精靈。

沒有什麼比書桌，還能張揚我生命中華美的往昔，那些林立在四周，綻放著神祕笑意的瓷貓、偶貓、貓筆、貓杯，甚至是繪有栩栩如生貓影的頑石，以及躲在書桌各個角落的貓兒們，時時刻刻，總不忘睜開牠們那雙靈動的眼睛，窺探我如鏡的祕密。

偶爾像此刻，昏黃的雨，溜進來探問，掩藏在案上時光裡的潮浪，便會隨著紛飛的雨絲，微微波動。讓你驚詫的察覺，原來書桌旁隨意擺設的鏡框，框內散發著淡淡香氣，墨色清新的詩篇小品，全是我塵封的青春。錄記著，每一次的心跳，每一回的徘徊猶疑，每一張含苞待放的臉顏，每一雙清澈竟又柔情似水的眼眸。

倘若這時，不經意觸動了誰，那書桌外暗夜的風，也會如貓躍過窗櫺，偷偷召奐我案上一本又一本，書寫浪漫的扉頁，感知那些餘溫猶存的夢，並未因光陰的殘忍，有絲毫的改變。

今夜當我聆聽窗臺的雨音，坐在書桌前，俯拾皆是，往昔那一頁頁甜美的詩歌，彷彿，我仍是當年擁有如瀑般長髮的美麗少女，站在雨間的，依舊是那位雙頰浮漾著梨窩的羞澀少年。因為書桌的記憶，貓兒們的凝視，彷彿這一切，都成了永恆。

（人間福報，二〇一六、九、一三）

手機不見了

手機不見了

一早起來，手機不見了。害大家上班遲到，搭捷運搭公車，以為自己回到過去，驚訝的看著窗外的風景，原來如此美麗，周遭的人們，居然個個看來，這麼親切友善。

沒有人，是的，沒有半個人，再盯著螢幕，滑個不停，沒有人再低著頭，對著小小的方格子，目不轉睛。

手機不見了，徹底從宇宙中消失。

人跟人，開始注意地球的轉動，宇宙的運行，開始重新打招呼，說話，閱讀，關心周遭的事物，開始抬頭仰望天空有多大，天地有多廣、多遼闊，開始學會聆聽彼此的心跳，感受失傳已久的，記憶的溫度。

自從，手機不見了。

（人間福報，二〇一五、一、八）

森林的玫瑰

那天在森林，女孩正要摘下一朵含苞待放的玫瑰。

耳際突然傳來玫瑰輕輕求饒的聲音：「美麗的女孩啊，妳可知曉我前世是妳摯愛的戀人，今生妳怎麼捨得傷害我。」

女孩聽聞，微微發愣，不知不覺鬆開了手。

被釋放的森林玫瑰，掙脫了女孩的束縛，一時興奮的忘情吐露：「那女孩好傻，居然相信輪迴轉世的鬼話。」

「啊，原來玫瑰，跟人一樣喜歡撒謊，蠢到忘了玫瑰是花，又哪能學人講話。」

這時森林的玫瑰，錯愕的發現，女孩從未真的放過它細嫩的枝芽。

（青年日報）

暗夜寶石

偏遠寧靜的山村，因為花季的緣故，變得異常熱鬧。每逢假日，成群結隊訪幽的遊人，絡繹不絕。其中，有許多來自城市的少年，帶著背包捕蟲網，不惜長途跋涉，上山探險，也要親眼目睹甲蟲棲息的生態環境。

山村得知，莫不摩拳擦掌，想從甲蟲身上獲取利益。果然才幾日，後山常有甲蟲現身的茂密林地，開始出現頭戴探照燈，舉旗帶隊的嚮導，獨角仙、鍬形蟲、金龜子，紛紛像埋藏在暗夜，繽紛閃爍的寶石，深深吸引大家的目光。

整個盛夏花季，最初寧靜的荒野，越來越躁鬱不安。過往隨處奔馳於遼闊草叢中，靈動飛翔的暗夜寶石，漸漸消聲匿跡。

最後，即連林地常常出沒的飛鼠、猴子、山羌都跟著離奇失蹤。來年花季，村落除了餓的發慌的野犬，偶爾幾聲響遍山谷的吠叫，竟是一片死寂。

（人間福報，二〇一七、六、二〇）

火山島

當太陽灑下第一道金黃色的光芒，那座矗立於蔚藍汪洋中，孤寂的火山島，以憂傷的眼神，望著不遠處，蒼綠如浪的草原。

哀愁的惦記，在不久的未來，開墾之後，綠樹將成為灰暗的大地，工廠濃烈的煙塵，就要染黑所有的森林，迎面而來的，再也不是清澈如鏡的溪流。

當公雞高吭的聲音，驚醒清晨，世界將聽到，地殼發生巨烈的變動，幽深的石壁，剎時噴出岩漿，火山島正義無反顧的，投身大海，頭也不回。

（人間福報，二〇一五、六、二二）

白蛇傳

青蛇哭的肝腸寸斷，許仙躺在地上，不省人事。一陣風吹過，雷峰塔底，白蛇失去千年道行。

盛夏的小鎮，院子前面，女孩跟男孩，滿頭大汗，你一言，我一語，排演端午傳奇。打開電風扇，忙著查看，鍋蓋底下的蚯蚓，是不是，暈了過去。

（聯合報，二〇一四、六、二）

地球停止了呼吸

無論按幾回，螢幕上，盡是黑暗。翻開報紙，世界中毒，無人例外。飛機、高鐵、捷運、電梯，遊戲軟體、部落格、臉書、微博，所有你想的到的，在這一切由電腦操控的時代，全數無法運轉。地球停止了呼吸。

（聯合報，二〇一四、九、二四）

圓桌會議

一群人。圍成圓圈。教授，學者，作家，研究生，社會運動者。九個議題。九個希望。九個，無邊的，夢想。

大家，輪流發表意見，輪流，發現疑惑。矛盾。不安。九個，無邊、無際的，迷惘。

午後的教室，圍成圓圈的一群人，不斷，正襟危坐，討論，土地。水源。飲食。改革。教育。科學。軟體。逐漸，逐漸，逐漸地，不知所云。吞噬，在陽光裡。

（聯合報，二〇一四、一一、二四）

攤販

人來人往的捷運站前，突然出現了一個攤販，上面擺著破掉的嬰兒奶嘴，樹枝做成的彈弓，斷手的布娃娃，分岔的老鋼筆，發霉的黑膠唱片，泛黃的筆記本等各式各樣的老舊小物。每樣小物上頭都細心的用玻璃罩蓋著，深怕有誰誤拿毀壞。

途經的過客，先是冷漠不解的窺探，後又閃現睥睨的眼神，紛紛飛快走避，恍若攤販上的那些老舊小物，不過是城市街頭隨風揚起的垃圾，眼不見為淨。

直到那個天真的小男孩走出捷運站，也好奇的跑到攤販的面前，指著那些玻璃罩裡的老舊小物興奮的叫嚷著，啊，這不是我兒時的奶嘴，媽媽最愛的布娃娃，爺爺送給爸爸的第一隻鋼筆嘛，還有，還有……。

小男孩的話，還來不及說完呢，傾刻，時光靜止了，整座流動的城市，除卻小男孩，全都喪失了往日珍愛的回憶，腦子剎時變得一片空白。

（人間福報，二〇一六、一二、二一）

破土

有多久，這樣暗無天日的時光，連想都不敢想，還會有出頭的機會。睡在這兒，究竟多久了，也不知外面的世界，如何的運轉，已變成什麼樣的局勢。

叢林裡的那些飛禽走獸，是否依然如此巨大凶猛，奔馳起來依舊那樣快似閃電。放在山頭懸崖忘記拿的才做好磨利的弓箭番刀，經過歲月的侵蝕，無情的殘害，想來老早生鏽腐朽，忘卻昔日的榮光。

噓，別說了，你們聽，有聲音，將要劃破山海的寂境，這埋藏在天地間，不知多久的歷史廢墟，沒落在記憶中的古物，陶片，石板，貝塚，眼看著，就要隨著那蜂擁襲來的神祕巨響，破土重生。

（人間福報，二〇一四、一一、四）

3

心動

分秒不差
你住進我的身體
當世界，終於選擇離散
孤獨
開始任意漂泊
時光的碎片，遍地散落
每一次呼吸都能嗅出
彼此的氣息，相濡以沫
輕輕掠奪
每一顆追逐歡愉的細胞
驚覺我，已然是你

——曾湘綾

凝望同一匹夜
人和心
兩道暗影交合
錯的多甜蜜
我似隻海鳥
也似艘遊船
闖盪著心河的曲折

——張懿

夢中男孩

夢中男孩

打開門，男孩依舊坐在那裡。窗外，有雨，飄了進來，男孩仰頭，望了一眼，繼續提筆，埋首寫著。

忽然，雪白的紙上，開出太陽花來，有青春奔騰的聲音，有鵝軟石，在山間水涯，宛如珍珠，閃閃發光。

男孩一回神，不知何時，走出夢境，像風，忽隱忽現，又像雨，點點滴滴，拍打誰的窗櫺。

（人間福報，二〇一五、六、一一）

天使的眼淚

午後有風，窗外的樹影婆娑，林間跳躍的松鼠，窺見少年低頭不知寫些什麼。不遠處，雪白沙發上的貓，熟睡如嬰孩，她的耳際，便緩緩傳來，潮浪翻湧的聲息。

然後是蔚藍的天，恍惚有羽毛，飄落下來，驚動誰的心。而窗內的少年，依舊埋首，任筆尖，輕輕滑出午夜璀璨的銀河，記憶中如夢的月光，彷彿她一附耳，就能聽見少年，飛揚的青春，沙灘上奔跑的足音。

一次又一次，邂逅少年，追逐的往昔，遼闊幽深的海洋，察覺少年，無垠的夢裡，掩藏的浪花，如何眷戀，逝去的海岸，一次又一次，重複輪迴，彷如礁岩忍受潮浪，來來回回，苦痛的擊打，任大海將泥沙席捲而去，又將晶瑩的貝殼，賜予柔軟的沙灘。

整個午后，她遠遠地，憂傷的聆聽，少年筆端夢裡的回聲，不知不覺，竟化身成窗外婆娑的樹影，午後的風，疼惜少年的孤寂，眸中不斷閃爍的淚光。啊，那是誰，誰的心房，墜落凡間，天使的眼淚。

（人間福報，二〇一六、八、一五）

盛夏

打開窗，一股熱氣順勢竄了進來，室內渺茫的綠意，險些燃燒成灰，可記憶，卻依舊寂靜無聲，宛如嚴冬。她坐在那兒，盛夏的潮浪夾雜著海風不斷拍打她的耳際，而窗外黃昏的沙灘上，竟渺無人煙。

自從遷居，除了蜷臥於懷的貓，除了窗臺旁的那株紅豆，她什麼也不記得。可蟄伏的祕密，卻總在暗夜現身，彷彿魅影日復一日向她耳語，試圖喚醒消失的往昔。久了，連貓都嗅聞到她身上，隱隱散發某種奇特的幽香，那是長久以來，深深埋藏於夢，美麗而哀傷的回憶。

那年那時，一樣是盛夏，她擁著銀灰色的貓，走在星空下，晶瑩雪白的沙灘，也靜靜望著他，靦腆的眼神，如何穿透午夜的風，旖旎的浪花，竊取她的心。

若非意外，新婚的他們，迄今仍輕吻甜美的誓言，夜夜迎著海風席捲的冰涼，渡過年復一年熱浪澎湃的季節。

（人間福報，二〇一六、一〇、三）

最美好的時光

那家咖啡店開了，就在車站的轉角處不遠。每個周末，她總會起個大早，去到那兒挑選最新出爐的蛋糕。

興致來時，她會坐在店裡的角落，看窗外的那條靜靜的小河，如何在一大片迎風飄動的草原中，幽幽的閃動著碧綠色的鋒芒。

直到侍者為她送上溫熱的牛奶，品嚐到奶香裡夾帶的甜美氣息，瞬間覺得整個周末，是她生命中最美好的時光。

然後，一如往常，那位俊美的少年，總會在這時，悄悄推門而入，走近她，並微笑的坐到她的身旁，拿起她的牛奶，便也輕輕啜飲，小小聲的透露：「噓，貓貓，別告訴大家，你看的見我。」

（聯合報，二〇一六、八、一七）

魔法與鎮邪

女人坐在沙發上，沉默無語。坐在身旁的他，右手不停的掀翻桃紅色的鍵盤保護膜，一雙眸子盯著晃動的電腦螢幕，也微微閃動迷人的梨窩。

不久，女人提醒：「一會弄壞了，可要你賠哦。」

他聽聞，只是笑，照舊將桃色保護膜來回揉搓，在鍵盤間翻捲騰空。彷彿那是他書桌上任他折騰的塑膠小人，可以鬆開他渾身的枷鎖，讓他掙脫百般的束縛。

見他依然如故，女人沒好氣的盯著他：「老這樣，沒把人當回事，難怪上天要罰你。」

「罰我？」

「是啊，當然要罰，罰你得獎，半句感言也沒我，所以，罰你。不信的話，瞧瞧你臉上，那兩顆憑空冒出來的小豆子，就曉得囉。」女人微微怨懟。

「沒關係，一會，擦藥便好。」他凝視著女人，又笑。

「啊，沒用啦，這是我施的魔法，那兩顆小豆子還要待在你那張好看的臉上，有一陣子呢。」女人不甘示弱的回嘴。

他看了看女人，得意的吐露：「如果妳會魔法的話，那我便是專門鎮邪的。」

「鎮邪？鎮誰啊。」女人愣了一下。

這回，他笑的越發厲害，頰上小小的梨窩，猶似在誰的心湖，蕩漾出一圈又一圈的漣漪：「傻瓜，就是鎮妳這個邪啦……」

（人間福報）

花火

風一揚，平靜的海面，恍若，微微掀起波濤。她看見他，和那隻銀灰色的貓，坐在萬人簇擁高聳的臺上，望著潮水不斷淹沒雪白的沙灘。夢境四周，盡是刀光劍影，馳騁的煙硝，整片絢麗的花火中，他的臉顏，宛如她眸裡，燦爛的夜空。

每天，她做著相同的夢，獨自來到沉寂遼闊又剎那喧騰的海邊，聽浪花來回敲擊時光的海岸，聽夢，聽那隻銀灰色的貓，喵嗚，喵嗚，悄悄耳語，逝去的往昔。每回，他也總在海邊，最貼近月光的位置，深深望著她，猶似他輕輕揮手，漫天閃爍的星星，就要落入她的掌心。

如此溫柔綿長的牽掛，日復一日，盤據她的生活，她的呼吸。她逐漸發現，夜夜夢裡的海邊，海邊繁華的際遇，他深邃如星的眼眸，彷彿是誰，對她祕密的召喚。

今晚跨年燦爛的花火，瞬間照亮整個寂寥的夜空，她打開久違的窗櫺，興奮的將身子探了出去，仰望如夢的煙花。

這時，海風突地席捲而來，吹亂她的髮絲，一隻銀灰色的貓，猛然跳了進屋，意外掀起角落，那本佈滿灰塵的書，只見裡面詳細記載：「公元一一八三年，王領寵妃和愛貓往海邊觀潮，命軍於沿岸分布五陣，乘騎弄旗，標槍舞刀，另點放五色花火，佈滿洋面，鮮豔奪目，剎時，照亮漆黑的夜空。」

（自由時報）

一切如昨

他走的時候，她微笑目送，半滴淚也沒留。門一關，窗外的雨，嘩啦啦的落個不停，頃刻，濡濕了他的背影。

她的貓，跳上窗臺，突地聽見，雨中有人奔跑的足音，那是追逐往日，恍惚的光影。然後不只那隻銀灰色的貓發現青春的聲息，在雨間流漣忘返的身影，即連樹梢頭輕顫的綠葉，也聽到滴滴答答的雨，在記憶的迷霧裡，傳來微微的歎息。

一切如昨，彷彿他仍在那兒，低著頭，埋首呼喚童年，寫著未來的夢，午后燦爛的陽光依舊，窗臺邊，綠蔭裡，掩藏著松鼠那雙雀躍的眼睛，仍無端洩露她溫柔的祕密。她的貓，依舊躺在雪白的沙發上，如她悄悄的，聆聽他筆尖，不斷在指縫，輕輕滑翔的旋律。

那是星空下，如水的月色，那是暗夜翻湧的潮浪，拍打連綿的海岸，正席捲誰的心。此刻，恍惚只要她，和她的貓，附耳遠望，依舊能在層層迷霧中，遇見他微笑的眸子，如花初綻的梨窩，甚至，甚至聽見，他為她埋藏在雨間，臨別的詩音。彷彿，一切如昨。

（中華日報，二〇一七、四、二七）

許願井

一片一片的水漬，攀附於龜裂的壁上，這口井旁，雜草叢生，遮蔽了井的全身，只留下那頂高高的瓦片帽。

每天下午，總會有個男孩來挑水，不忘對著井說：「總有一天，我會成為出色的飛行員。」接著，男孩挑了桶水，便吹著口哨，愉悅的離開。

時光飛逝，男孩到井邊提水，整整持續十年。某天下午，口哨沒有出現，但，井並不著急，只是日復一日的等待，希望再次聽到那熟悉的口哨聲，沒想到這一等，又是兩年。

兩年後，當井再也無力守候，將要乾涸，蔚藍的天空，有什麼，閃了過去。

女孩從夢中驚醒，陰霾的病房，突然，明亮起來，千萬顆星星，墜落在月光裡。大家都在問，這沉睡多日又猛然甦醒的女孩，究竟來自何方。整個喧騰的小鎮，沒有人知道，僅隱約記得，女孩赤裸，渾身污泥，躺在雜草叢生，灰暗的森林。

那時天空，清澈如鏡。遠方有飛機，在盛開的雲朵間，滑行而過。機上，小小的，模糊的人影，飛進森林，穿過井的心中。

宛如十二年前，每天下午，吹著口哨，來森林汲水，一去不返的男孩。稍縱即逝，沒有絲毫的留戀。

閉上眼睛，默默許願。快要枯竭的井，望著消失的航行，正落下最後一滴眼淚。

（自由時報，二〇一六、四、二三）

註：本篇由陳証元同學共同創作。

想起你

想起你時，偶爾，窗外會不自覺的飄起雨，望著天上浮動的雲朵，隨風輕輕滴落的眼淚，我依然會莫名的紅著眼睛，任微翹的鼻樑發酸，跟著你，雨中掩藏的履痕，將逝未逝的夢境，微微濕潤起來。

念著你，此刻不知在哪，做些什麼。是在你如常惦記的，教室靠著陽光最近的窗口，看著校園，枝枒燦爛的花朵，綻放春日繽紛的臉顏，還是奔跑在夢中遼闊的草原，縱身一躍，將掌上的籃球，擲入我想像的眼眸。或者，你什麼也沒做，只是孤單的在圖書館安靜的角落，伏案苦讀，翻開那沈重的人生扉頁，讓暗夜，一回又一回，埋葬你的青春。

唉。我不知道，我們究竟何時能重逢，何時才能拋開一切的阻撓，像往日，彼此貼著心，藏在夢境，羞澀且天真的，說些孩子氣的傻話，就這樣縱容時光，在我們面前，肆意揮灑。仿若，今生來世，無論在何方，只要時光願意聆聽，都有我們耳鬢廝磨的記憶。

（青年日報，二〇一七、五、一五）

黃昏以後

黃昏以後，心，突然疼了起來。窗外的雨，越下越大，風不久，竟開始張揚。

我想像，此時，你會在哪？是泥濘的路上，任風雨侵襲，還是耐不住教室的冷落，正打開窗，讓涼意糊成一片的山景，也進來取暖。

光是想，你那孩子氣的臉顏，不知何時，映入眼簾，像每回，惦念成疾，佔領整個世界的目光。

啊，我的玫瑰，我最親愛的玫瑰。可否告訴我，何時你也逐漸化成雨，落滿城市每個祕密的角落，為我，為你，為我們，譜寫一曲輕快的旋律，宛如在夢中。

（青年日報，二〇一七、五、二三）

沙礫上的珍珠

沙礫上的珍珠

她看著他。目不轉睛。一方，恭喜他獲獎，一方，雀躍的問著，那個同他一起得獎的，往日女同學，漂不漂亮，他有沒有跑去和她敘舊。

他只是頭低低的，望著桌上的筆記，小小聲的說，女同學肯定認不出他。

她聽了，突然生起氣來，忘情的對他嚷著，你老這樣，怕人認不出你。怎麼會呢？你那麼有才華，長得又俊秀，就像是沙礫上閃閃發光的珍珠，任誰走過，都會禁不住多看兩眼。

這時，被逼得無路可退的他，總算脫口而出，如果他真像她說的，那麼令人心動，為什麼她在乎的，始終，不是他。

（人間福報，二〇一五、一二、二一）

母親的味道

晚餐還沒開始，男友的手機，又響了起來。今天和往常一樣，男友的母親來電提醒他早點回家喝雞湯，最近天氣冷，他感冒才剛好，不宜在外太過操勞。

男友怕母親，更擔憂她生氣，只是不斷對著手機，發出「嗯，哦，唉」無奈的聲音，一會兒，也把電話掛了，直誇她廚藝變好，簡直是母親的翻版。尤其是剛上桌的這道烤焗飯，起士釋放出來的濃郁口感，已經有母親醇美的味道。

她邊聽，邊為男友遞上撥掉蝦殼，剔除魚刺的海鮮沙拉，香煎羊小排，並將去籽的橄欖，輕輕擱在磁碗，熟稔的幫男友備妥雪白的紙巾，倒好甘甜的紅酒，並且不忘溫柔的詢問，餐後是否還想品嚐新鮮的水果切盤。

情深意濃之後，男友欣喜的發現，她越來越像母親，猶如她驚訝的察覺，她永遠走不出男友母親的陰影。

（世界日報，二〇一六、四、二一）

畫中仙

她還沒離開，他的眼圈就紅了，淚水像三月綿綿的春雨，瞬間將她倉皇的視線淹沒，頓時小小的書房，成了水鄉澤國，時光彷彿凍結。

掩不住的心疼，恍如焦灼的烈焰，頃刻在她體內燃燒。她看著他，好想為他做些什麼，卻什麼也不能做。

只能任著他憂傷的眼睛，無助疲累的臉顏，迷惘失措，只能不斷對他柔聲撫慰，輕輕望著他，讓他知曉，即便末日來臨，這世上，仍有她長相左右。

等他的淚，在她的眸中，逐漸凝成晶瑩的珍珠，等他的眼睛，在她凍結的時光裡，微笑成璀璨的晴空。等那隻不知何時從書房角落鑽出來的可愛蜘蛛，深深擄走了他無邪的目光，同時發現她藏在壁畫，若隱若現的身影。

啊，她那顆焦灼不安的心，總算獲得前所未有的平息。

（自由時報，二〇一六、五、一五）

入秋

晨光，悄悄射了進來。桌上是母親為他準備的早餐，有溫熱的牛奶，鬆軟香甜的吐司，還有母親剛剛為他切好的蘋果。

他才起床，睡眼惺忪，恍惚邂逅，自己昨晚伏案苦讀的身影，看著窗前入秋淡淡的月色，如何越窗，映照出他蒼白的臉顏，聽見他，微微的咳嗽聲，在暗夜中，幽幽迴盪。

因為上課遲了，他甚麼都沒吃。臨出門，跟在身後的母親，甚麼也沒說，只是，突然遞給他一件外套。瞬間，他感覺，那手的餘溫，那薄薄的外套，竟彷彿像母親，輕輕地，擁抱著他。

（人間福報，二〇一五、一一、二四）

心動

剛開始只有影子映照在窗臺上。許久，許久，女孩望著藤蔓纏繞的別墅外圍，將整個小小的身子探出去，窗臺上的人影，忽隱忽現。

女孩的臉顏，也跟著掩藏在綠蔭裡金黃色的光芒，隨風浮動的窗臺內的人影，恍恍惚惚。然後，才一瞬，那來自風中柔美的樂音，便無端的闖入女孩的心扉。

趴在圍牆邊的女孩，帶著無邪的青春，頭一回清晰地望著，流瀉在歲月音符間，他輕靈如水的眼眸，恍若閃耀在她心間，暗夜裡的星辰。他回眸，她的世界，便有了全新的宇宙。

（聯合報，二〇一四、一〇、二一）

月光少年

少年倚在窗臺，一伸手，月光，透了進來。落入凡間的星星，迷失於少年桌邊，茫茫的書海。凝視漫天的戰火，就要點燃，所有的英雄豪傑，齊聲吶喊，彷彿，勝利指日可待。也恍惚有淚珠，泛紅的臉顏，悄悄，襲入心房。

在每個寂靜無聲的時刻，窺視少年眼底的月光，望著掌中的星星，浮動暗香，竊聽窗外的樹影，不能說的祕密。

（人間福報，二〇一五、九、一四）

那隻貓

午后教室，他正伏案專心閱讀，她坐在離他不遠處，也是。窗外有兩隻小鳥躍上枝頭鳴叫，瞬間燦爛的陽光，輕灑在他們青春的臉龐。

突然她抬起頭，悄悄，望了他一眼，想了想，也出聲探問，那隻貓呢？該不會跑去別人家撒野。他耳聞，只是笑，對她，露出淺淺的梨窩，沒有回答，依舊埋首閱讀。

一會，她急了，再也按捺不住焦慮，拋開桌上的書，立刻衝向他，準備質問，她先前送他的那隻貓呢，究竟轉送誰，或者，隨意扔在哪個骯髒的角落。

天曉得，還沒開口呢，她猜疑冰冷的心，就給他藏在懷中的那隻貓，徹底融化了。

（人間福報，二〇一六、六、二一）

初雪

雪落下來的時候，她望了望心有餘悸的少年，眼中閃過一絲溫柔的笑意，也任冰涼的雪花，拂過她微翹的鼻尖。

倘若沒記錯，這該是少年頭一回迷途，誤闖擁有魔法的王國，聽說只要走進這裡，對著冬日初次紛飛的雪花許願，所有的願望都能實現。

因為相信，她不惜背叛對少年終生廝守的承諾，悄悄，對暗夜飄飛的初雪耳語，同時向漸次冰封的少年，做最後的告別。

果然奇蹟發生了。昨晚迷途瀕臨死亡的少年，再次甦醒，而他懷中那隻美麗的波斯貓，卻如初雪，神祕的消失。

（自由時報，二〇一六、六、五）

等待

他坐在那兒。臉上，小小的梨窩，若隱若現。窗外，微涼的風，從他淨白的耳際，輕輕掠過。她遠遠的望著，想著，恍若，有什麼，襲入心頭。

黃昏將別的窗臺，便也落了一地的楓紅。除了她，沒有誰會想起，他眼中流逝的季節，曾經甜美的夢境，在每個暗夜，無聲的街頭，遊走，來回。

任憑風的惦念，都喚不醒他前世的記憶。她只能藏在遠遠的，祕密的角落，如他，靦腆的，等待著。

忽地，天色，暗了下來。

（自由時報，二〇一六、七、三〇）

世界的盡頭

雨又落下來，我打開窗，讓風灌進來，感覺一種刺骨的冷。頭仍是疼的，喉嚨依舊發炎到無法出聲，下午仍需出門上課，沒有你的日子，生命灰暗至極。好想你，特別在無法說話的時刻，好像所有的聲音，全跟著你，消失在世界的盡頭。

我是不是太依戀你，倘若不是，我為何要從溫暖的書房，來到有你回聲的冰寒的客廳，望著你曾坐臥的每個角落，揣想你，仍靠坐在沙發上，孩子氣的仰著臉說，我是你這世上，唯一的知音，啊，只要想到不能見你，不能再讀到你寫的每一首詩，時間，彷彿要窒息。

因為害怕想念，當你即將離去，我禁不住試著探問、透露，有種愛，在文學中，可以毫無顧忌，在現實生活，卻動彈不得。

你聽了，甚麼話也沒說，只是靦腆的笑著，任我，輕輕靠在你的肩頭，然後，羞澀的撫著我的貓。我突然感覺，整個宇宙，都能聽見你，溫柔的心跳。

（人間福報，二〇一六、四、一八）

親愛的少爺

親愛的少爺

他定定坐在那兒。一會，女人走了過來，望了他一眼，指著桌上那杯冰涼的飲料，微笑的詢問：「好喝嗎？」

只見他抿著唇，悶不吭聲，午后的空氣，瞬間凝結起來。

然而女人不死心，又補了兩句：「肯定好，要不你怎麼喝的半滴不剩。」

這時窗外樹上的麻雀，突然聽到他低頭小小聲的怨懟：「這是哪門子冬瓜茶啊，甜死人不償命，我會喝完，純粹是不想浪費妳的錢，難道妳不曉得我喜歡喝什麼嘛。」

女人聽聞，臉色驟變：「哦。是的，都是我的錯。親愛的少爺，你一沒有line，二沒有e-mail，三沒有臉書，平常又不托夢給我，我怎麼會知道你喜歡喝哪種飲料啊。還有，別忘了，我可是你的老師哦。」

（人間福報，二〇一六、一二、六）

藏

雨剛停，她就發現和昨晚一樣，書生將窗戶打開，讓月光透了進來，案上的書冊，因窗臺先前不斷飄飛的雨絲，扉頁中居然無端沾染水氣，暈了開來。

還有幾日，大考在即，早已家徒四壁的書生，只能夜夜藉著月色映照，埋首苦讀，暗暗期盼來年，能夠鯉躍龍門。

由於惦念太深，入夏以來，她開始學明月，藏在窗外，藏在荷塘楊柳屏息之間，也夜夜聆聽書生朗讀，輾轉難眠的聲音，全然忘了她的眸光，閃爍的愛意，盡收書生眼底。

方才書生打開窗戶，不只雨後清澈的月色，照亮書生透明的臉顏，靦腆的笑意，暗夜中，她宛如星辰般，渺小的晶瑩的飛翔，更穿越千年的阻隔，觸動了書生，前世的記憶。

（自由時報，二〇一六、八、二〇）

全世界都在下雨

太陽都下山了，補習班的老師仍站在臺上講個不停，鐘聲還來不及響呢，雨便悄悄的，追了進來，先是一滴、兩滴落在髮梢，溽濕他微翹的鼻尖，後又放肆的穿越因風微微翻動的百葉窗，滴滴答答的，朝世界喧鬧了起來。

除了他，補習班內，居然沒有任何一個學生，發現雨雀躍的聲息，他們耳際迴盪閃現的，永遠只有教室內嗡嗡作響的冷氣以及桌角旁那一張又一張印滿鉛字的試卷，和試卷上那一隻又一隻夾雜了汗漬不斷滑行的筆，正和著盛夏不絕的蟬鳴，急切的演奏出他們的命運交響曲。

那麼，即便黃昏有雨，襲入柔軟的心房，悄悄佔領整座憂傷的城市，這補習班內，每一座密閉的教室，教室內那無數自囚的靈魂，依舊渾然不覺。

唉，已不知多久，牆上的他，今天的黃昏，又看到補習班外的天空，聽見天空外自由的雲朵，在全世界，不知為誰，掩面哭泣的聲音。

（聯合報，二〇一六、一〇、一二）

迷途

那天，鐘聲突地響了，她拿著粉筆站在黑板前，頭一回察覺他抿著唇坐在遠遠的角落，頰上的梨窩若隱若現，一雙青春的眼眸，就這樣定定的望著她。

於是不知怎地，她的那顆心，忽然沒來由的蹦跳了起來，剎時聽見她的胸口，撲通撲通的輕音，宛若盛夏的潮浪不斷擊打海岸，響遍整個燥熱的午后。

往後只要課堂上遇見他羞澀的眼眸，她的臉顏，竟無端的低到塵埃裡去，深怕一仰首，便會讓他悄悄竊取，她每個暗夜，甜美的夢境，或者被他意外擄獲，她輾轉難眠，猶疑的往昔。

從那天那時起，是誰迷途了，一顆心，只有誰，羞怯的身影。無論時光如何飛逝，歲月如何在她的面容留下雕刻的痕跡，都無法叫她忘卻他孩子氣，微笑的眼睛。

他也是，猶如她，寂寥暗夜的倒影，每每在教室，盛夏午后鐘聲昂揚的時刻，一回又一回，瞞著世界，瞞著眾生，甚至隱瞞自己，彷若坐在尺呎天涯，深深的望著她，所有的迷途，就能找到溫柔的出口。

（青年日報，二〇一六、一〇、一一）

甜人

入秋以後，因為他嗜吃，尤其是甜食，她心血來潮給他取了個外號，叫「甜人」。

甜人喜歡星巴克的星冰樂，愛喝冬瓜檸檬茶，享用巧克力蛋糕，酷愛泰國蝦餅，品嚐紅燒牛肉麵遠勝清燉的口感，喜歡酥脆的凱薩沙拉，喜歡沒有籽的任何一種蜜餞，喜歡青木定治的手工餅乾，還有烤過的蒜泥麵包，更喜歡她牢記，所有他提過的，心儀的美食。

甚至甜人喜歡她寵他，透過各種食物的品嚐記憶，無止盡的溺愛他，喜歡藉由各類美食的堅持，糾正她任何小小的料理錯誤，並且深信，她聽他的話，是一種養成美食品氣的必然。

以致不擅日常廚藝的她，因為甜人的循循善誘，終於精通烹煮美食，養成分類垃圾的習慣，懂得如何選擇食材，購物比較殺價，深刻的體會，傳統市場的菜遠比超市新鮮便宜，任何難以下嚥的食物，都有其值得珍惜的祕密。

如今，她驚訝的察覺，原來最初的口感分歧，和甜人傻里傻氣的鬥嘴爭執，你來我往的打賭糾纏，無疑是彼此充滿滋味的時光。

（人間福報，二〇一六、一一、一）

海的祕密

究竟有多久了，沒來這濱海的小鎮，細數過浮沉於沙灘上的足跡，靜靜聽著浪花，在暗夜翻湧的聲息。相遇那年，記得他仍是青澀的年紀，笑起來時，常忘情的將頰邊的梨窩，盛開成燦爛的花朵，彷彿一貼近，誰都能嗅聞到襲人的香氣。

那時，他常在黃昏的海邊散步，喜歡皺著眉頭，望著碧藍幽深的海洋。偶爾，她抱著貓，從他身旁，輕輕走過，他會不經意的回頭，凝視著，也飛快的將視線移開，恍若未曾與她的眸光交會，隨著耳際不斷起伏的波濤，天邊揚逝的紅霞，很快的，她又是他指間，擦肩而過的陌路。

每回等他昏黃的影子，就要消失在寂寥的沙灘，那隻銀灰色的貓總禁不住從她的懷中掙脫，追逐著他漸次沉默的足跡，猶似想為她挽留他逝去的記憶，喚醒他前世的夢境，讓他再次惦念，早已遺忘的相遇。

除了她和她的貓，整個寂靜空蕩的暗夜，一望無際的海邊，沒有誰會想起多年前，那場驚心動魄的邂逅，憶及他是在黃昏海邊沈睡不醒的少年，她是背著眾神，落入凡間的天使，因為突發的意外，救了落海暈厥的少年，從此，成了浪跡紅塵的精靈，再也無法展翅飛翔，返回倒映的晴空。

自那年起，濱海的小鎮，黃昏的海邊，幻化為少年心中的想望。每夜入夢，少年總能聽聞沙灘上不知是什麼，揮動翅膀的聲音，掩藏在一波又一波的浪潮中，暗暗敲擊他的心。夢裡不知是誰，總在他的耳際，對他憂傷吐露，關於海的祕密。

（自由時報，二〇一七、二、五）

愛

他們沉默的坐在窗前，已經許久。

他只是望向遠方，露出淺淺的梨窩。一會，她伸出手，輕輕揉擦他的嘴角，剔掉黏在他唇際的甜點，也發現窗外，樹稍頭的綠意，瞬間轉紅。

然後是無端墜落的葉子，在風中盤旋，一片寂寥的夜色，竟悄悄襲入他們的眼眸。

後來不知是誰先起身，把窗子打開，將頭急急探了出去，又偷偷拉著誰的手，輕撫窗外遍野的楓紅。

彷彿那夜，除了沉默，除了追逐秋的履痕，再也沒什麼可做，沒什麼可說的。整個世界，他只有她，她也只有他了。

（自由時報，二〇一七、一、二〇）

溫柔的凝視

打開門，發現他如常在那兒，凝視著，她有種無以言喻的安心，方才在課堂上教書的失落與委屈，剎時蕩然無存。儘覺得這世上，只要還有他溫柔的凝視，一切的憂傷，皆能化為此刻的砰然心動。

以致她總喜歡在回家以後，對著他鉅細靡遺的吐露生活的種種，他也總似閃爍著那雙微笑的眼睛，專注的聆聽，她說過的每一句話，每一個字。

無論她的情緒，怎麼翻騰如潮，如何迭蕩不安，他都只是深望著，靜靜的承受，像無聲的海，吸納她所有的哀慟，直到她疲累的在他的目光中，沉沉睡去。

深夜，當她耽溺於他溫柔的凝視，從生活的磨折抽離，忘情的甜蜜入夢。窗外的月光，也每每不經意的察覺，畫中的他，那張燦爛的面容，從何時起，漸次染上憂鬱的顏色。

（自由時報，二〇一七、三、一九）

告白

盛夏的午後，他邊吃甜點邊聽她微笑恐嚇：「下回上課再頂嘴，當心我拿刀抹了你。」

「哦，你是指你家那把鈍了的菜刀。」他瞄了她一眼，繼續享用她為他準備的提拉米蘇。

「奇怪，你怎麼曉得我的刀鈍了？」她吃驚地瞪大了眼睛，不敢相信他居然探出她的祕密。

「那還不簡單，妳成天往7-11跑，放著爐臺上全是灰，架上又都是泡麵。況且廚房的菜刀經久不用，自然就鈍了，有啥好大驚小怪！」他望著訝異的她，得意地閃現一絲捉狹的眼神。

「天啊，是誰准你進我家廚房。」她被逼入絕境，不敢置信自己何時成為他的笑柄。

「就是妳啊，每回下課，哪一次不是我幫妳倒的垃圾。妳那些髒兮兮的垃圾袋裡裝的不是速食，就是外送的便當。」

得知他無心的告白，她的腦子剎時炸了開來。

（青年日報，二〇一六、九、二）

塵埃

沒有你的日子，連呼吸都感到窒息。

記得有回，你感冒，懶懶的坐在沙發上，虛弱的望著我，也由我端著溫熱的水，貼近你冰冷的臉龐，凝著你蒼白的眼神，聽你賭氣似的，跟我輕聲怨懟，喝這水，感冒，又不會好。我聽了，只是溫柔的對你笑著，我自然曉得，喝這水，治不好你的病，可至少，能溫暖你的心，讓你好過些。

你聽著、念著，便也輕輕的笑了，彷彿你整顆心，也跟著我的柔情勸慰，剎時溫暖了起來。捧在我掌心的那杯水，何時竟成了蜂蜜，滑入你的喉頭，在你祕密的海洋微微掀起波濤。一旦我附耳，即能聽見你的潮汐，如何悄悄翻湧我的心。

這麼多年了，細致溫軟如你，總能啟發我的靈思，讓我連入夢，文字都能感知你的聲息，那即便是微不足道的日常，小小的鬥嘴爭執，苦澀的別離，在我記憶的味蕾，仍淺嚐無限的甜蜜。彷如你就住在我的心底，那麼，這輕輕的思慕病痛，又算得了什麼。

唉，如今追憶，總是惦念，牽掛著你種種的好。你那些溫柔又霸道的言語，竟像是午夜無端墜落我窗臺的雨滴，日日跨越時光的長河，不斷敲擊我的心。

是的，我不想瞞你，我想你。有時像襲入你眼眸的風，有時像與你擦肩而過的，恍惚的人影。有時，什麼都不是，僅僅是你袖口上微乎其微的塵埃。你一揚手，我便也隨風而逝了。

唉。我不能原諒任性的自己，不能原諒如此惦記你的我。

（青年日報，二〇一七、九、二）

飛

我做了個奇異的夢。夢境裡，我看見你長了翅膀，飛出教科書，飛出考試，飛出比賽，飛出升學壓力，就這樣迎著晨光，迎著風，振翅飛在你筆下，藍的像海洋般遼闊的天際，俯身飛向你凝望中，遍野綻放的櫻花樹。

跟著我，鼓動想像的翅膀，越過蒼翠的山巒，越過迷霧的森林，越過渺無人煙的邊境。我恍惚聽見，你雀躍的聲息，迴盪在山海之間，我們任何一首潮浪翻湧的詩歌。

興奮的朝我叫嚷著，啊，原來飛翔，可以讓你自由，即便在夢境。

（人間福報，二〇一六、一二、二六）

一顆紅豆

一顆紅豆

暗夜中，彷彿有什麼輕輕掙脫開來，他的書桌上，透明玻璃罐內浮漾的水色，就這樣啪搭一聲，突然映照出嫩綠的光影，緩緩向天際無限延伸；那時窗外不遠的小鎮醫院，燈火通明的手術臺上，一個女嬰在寒氣逼人的病房裡，正悄悄向世界睜開了眼睛。

時光流逝，以往他書桌上那株初萌的嫩綠，早已向院落的地面深處擴張根系，向空中展開茂密的枝葉，成了迎風拂動的婆娑綠影，而當日在暗夜中出生的女嬰，承受了無數成長的苦痛，終於出落的猶如百合般清新。

她的脫俗，像溫柔的夜，多年後在校園裡，深深擄獲了他的雙眸。從此不只她的心在教科書裡，偷偷埋藏他靦腆的眼神，他在課堂上，更不忘將她似水波動的影子，想望成他胸中一片神祕幽深的海洋。

除了院落那顆不知經歷多少風霜雨露催殘滋養，照舊仰望太陽的紅豆樹。校園內沒有誰知道他們祕密的愛戀著，也沒有誰會相信她的青春真能令他的嚴冬，有了動人的詩意。即便後來她意外身亡，他將她蒼白冰冷的身體，埋入樹下，任樹梢頭鮮豔如血的紅豆，吸納著她的回憶，繼續活著。依然如故。

發現紅豆樹時，他才五歲，還是懞懂的年紀。聽父親追憶，好像是前任屋主種的，看樹根盤結的模樣，至少有百年的歷史。說也奇怪，從遇見紅豆樹那一刻開始，他竟有種無以言喻的熟悉感，彷彿很久以前，就與紅豆樹相識，不知在哪兒，有過很深的緣份。

父親聽了他的話，只是笑，覺得他實在傻氣，學會了幾句詩，竟學起古人癡狂起來，以為在後院綠蔭中閃爍著耀眼光芒的紅豆，是召喚前世愛情的咒語信物，以為將樹上那一顆顆晶亮剔透的紅豆摘下，捧在掌心，藏進胸口，所有的山盟海誓，即能永垂不朽。

從五歲那年起，除了他自己，沒有誰相信庭院那株年年茂密結果，在豔陽下散放著鮮麗色彩的紅豆樹，與他之間，真有什麼奇妙的緣份。直到他結了婚，成了五歲女兒的父親，也來到昔時老家後院的紅豆樹下，同時驚訝的聽見女兒恍如當年的自己，微笑的說，啊，我認得這樹，我以前好像在哪見過。一瞬間，困擾他多年的謎題，總算撥雲見日。

（青年日報，二〇一六、九、一三）

走進孤寂

「孤寂的夜晚　　等著月光將我帶入夢鄉
一切煩惱糾纏著大腦　　緊抓不放　　一切傷痛細綁著身軀
難以鬆脫　　但我總對自己說　　隔天再次睜開眼　　一切都好」

讀你寫的詩，慢慢走進你的心，揭開你掩藏在傲慢底下，極度脆弱的臉顏，試圖瞞著世界，瞞著你，偷偷派遣一陣風，在午夜，悄悄和你併肩，靜靜坐在我文字舖成的夢裡，那兒有玫瑰，有動人的香氣，足以讓你忘卻生命中所有的憂傷，彷彿一切一切的孤寂，都離你好遠、好遠。

我望著你，躺進我夢中的月光小徑，躺進你童年的回憶，那整片無垠翻飛的綠色草原。所有的人，都遺忘我們，只有天上閃爍的星星發現，我們曾經存在的祕密。

（自由時報，二〇一六、六、二五）

註：本文首段詩由陳証元同學創作。

窗外有藍天

她坐在那兒，一如往常，望著窗外的天空。跟他第一次遇見她時一樣，只是靜靜的坐著，偶爾風吹進來，她額頭上的瀏海，便也輕輕飛揚起來，像秋日溫柔的浪花，不知不覺，席捲他的心。

後來他才知道，她是班上這學期新轉來的學生，由於某種緣故，不得不離開她熟稔的濱海小鎮，來到全然陌生的城市。

或許因為這樣，她老喜歡一個人，靜靜坐在窗口，凝視著，不知名的遠方，彷彿那兒，有誰等著她歸去。

好幾回，他同她說話，想讓她感受異鄉的天空，也有燦爛的陽光，如海洋般，澎湃的熱情，只要她願意，她眸中無盡的孤寂，將隨著往日的潮水，漸漸褪去。

久了，他驚愕的察覺，不知從何時開始，他也陪她坐在窗口，安靜的望著，窗外漸次灰敗的天空，聽風，輕輕在他耳邊響起，遙遠的汽笛，也聽他胸中的海浪，就要飛快淹沒她的身影。

整個學期，除了他，班上沒有誰發現，有任何人曾經坐在窗口。

（青年日報，二〇一六、一一、二一）

畫夢

那天午后，春雷乍響，少年突然撐起傘，和她輕輕揮別，頭也不回的離開，快步走向霧濛濛的雨中，然後一轉身，時光便彷若聽到花開的聲音，那是門外飄飛的粉櫻，悄悄為誰綻放的氣息。

猶似早春迷離的夢境，自少年走後那時起，久未畫畫的她，卻提筆將案頭雪白的紙，點描上記憶的顏色，隨著輕盈的揮灑，恍惚那畫，竟有了萬般牽掛，惦念的滋味。

隨著畫中少年靈動的眉眼，微漾如風的梨窩，緊抿的雙唇，懷抱種種與少年相知，並肩吟詩，一去不返的往昔，心，不覺微微疼了起來。彷若這畫，不再是畫，而是少年偷偷瞞著她，掩藏的美好夢境。

畫夢，是她如今挽回記憶，最旖旎的風景。她畫中的少年，永遠漠視光陰的殘忍，時刻等著伸出手，帶著燦爛的微笑邀她入畫。以無限溫柔的眼眸，深深凝望她，穿越現實的夢境，拋下所有的哀傷，彷彿，彷彿他們從未別離，她從未因為少年如霧消失在雨中，擁有任何憂鬱的春日。

倘使畫夢，還有什麼遺忘的顏色，便是那隻肆意穿梭在早春憂鬱中銀灰色的貓。牠總能縱身躍過季節的履痕，跨越時光，擄獲過往少年奔騰的青春，豎耳聆聽少年筆下的詩句，蔚藍如鏡的海洋，鵝黃色的月影，繁星點點的夜空，一望無際的草原以及蓊鬱的森林，更察覺少年前世，居然是埋藏在退潮沙礫間，那顆閃閃發亮的珍珠，也不忘祕密的透露，發現珍珠的那人，是她。

（人間福報，二〇一七、三、二二）

回聲

她睡了，窗外依舊是繁星燦爛。偶爾有車輛急馳而過，任刺耳的聲響，劃破寂靜的夜空，碼頭旁，無限淒清的海邊。

此刻案上，去年夏天，他送給她的禮物，那一對精巧的，兀自綻放迷人香氣的雛菊刀叉，正背著夢，背著床沿的她，從透明如鏡的玻璃杯，從記憶的邊界，他微笑的眸子裡，悄悄起身，偷偷閃爍著，金黃色的鋒芒。

那掩藏的足音，輕輕，便也越過了萬水千山，穿透時光，季節的追逐，恍惚飄飛的雲朵，來到她夢中，這無人知曉的海邊。

聽見他，往日的潮汐，如何迎風擺盪，一回又一回，在幽深的大海，浪花拍擊的礁岩，徘徊不去，並且，哀傷的察覺，他疲憊的腳印，如何浮沉於鬆軟的泥沙，迷失在她的長灘，一望無際的海岸。

感知踏著月色前來的，是他，孤單的身影，也是她夢中，破碎的心。而翻覆整片海洋的夜空，盡是他們掌上，垂淚的星星。

自他別離的盛夏，每一個寂寥的夜晚，她又看到他，在無人海邊的碼頭，為她駐足等待，那雙憂鬱的眼睛，也一次再一次，凝望著他不斷拼命掙扎，直至被記憶的波濤，瞬間捲入茫茫的大海，最終在她的夢境，消散無聲。彷彿，從未來過。

（青年日報，二〇一七、六、一〇）

午後教室

還沒有人來，她安靜的坐著。午後的豔陽，射入薄薄的窗，宛如璀璨的風，掀動她黑亮的眼眸，熱烈似火，瞬間，染紅了，她的臉顏。

整座教室，無端的，跟著靈動了起來，偷偷望著，黑板前的她，不斷不斷的低頭，兩頰緩緩浮現，嬌嫩的花朵。彷彿溫柔的月光，在銀色的星空下，任暗夜，撥動她的心弦。

頃刻，空蕩蕩的教室，遂有了季節流動的聲息，猶似她在午後，哪也沒去，只是坐在夢裡的院落，微笑凝視，眼前芬芳的玫瑰，和遠方的森林。

（人間福報，二〇一五、七、二〇）

海上的眼淚

她站在港口，張望著。一艘又一艘的船，緩緩，駛了進來。不久，有人提著沈重的行李，走下船，轉過頭去，朝她望了兩眼，竊竊私語。

啊，剛剛，不知是誰說的，又有兩艘船，開進了港口，她無端聽見，嘴角跟著微微牽動了一下，彷彿是笑，也彷彿不是。

想起多年前，離開的那人說，船，是移動的牆，海，是我們之間的隔閡，雖然分離了彼此，卻分離不了對彼此的思念。瞬間，淚，竟從她冰冷的臉龐，滑了下來。

（聯合報，二〇一五、九、一六）

頌夜

穿過了暗夜，是幽靜而空曠的竹林；忽明忽滅的螢火，照亮了林間蜿蜒的小徑，喚醒他，月色般，皎潔的容顏。

宛如映照在星空下的竹林，聽風，吹起波光，層層的漣漪，望著池畔的錦鯉，躍出水面，繽紛如夢，也凝視四周，恍惚的綠蔭，有鳥雀，淒美的足音，輕輕掠過。

這寂寥的暗夜，夜色中，竹林內搖曳的，青翠的香氣，隨風在他指上飛揚，浮動於一望無際的，哀愁的山野，竟偷偷擄獲了他，深情的眼眸。

（人間福報，二〇一五、八、二一）

深情的偽裝

親愛的，難不成真要等你走遠，我才有足夠的勇氣書寫你，我甚至不懂自己分明如此惦記你，又為何在遇見你時，每每出言刺痛你。儘管那突發的字句，來的多麼的不經意，都讓我懊悔不及。

親愛的，你肯定不懂深深依戀你的我，內心的焦慮與不安，日日儘想著，要如何跨越我們時間的長河，化身成你詩中屢屢出現的清澈的溪流，似浪翻湧的草原，星空下繚繞的香氣，夜夜祈求著上天，讓我如夢成為你眷戀的童年，也毫不畏懼的安靜的湧向你，永無止盡。

那麼，親愛的，即便此刻，我在你面前如何的挑難，都無非是一種深情的偽裝。請莫要疑我，對你有絲毫的猶豫，請莫要說我總嫌你，從未將你懸念於心。

（青年日報，二〇一六、八、二六）

寄往不知名的遠方

你一定不知道，我是擅於等待的那種人。我總是以執扭的脾氣，掩飾對你漫天的惦記。掩飾到連自己都要相信，我足以駕馭日夜對你的想念，不讓你察覺。因為怕，怕你明白了，有絲毫的為難。畢竟你仍年少，叫你該如何承受我洶湧如潮的惦念。為此，我不得不怨自己。

可你明白嗎？當你一回又一回，站在我眼前，無聲無息的，竊取我的心。當你坐在冬日的窗臺，微笑的望著我時，我感到自己的靈魂，深深，陷落了。找不到任何出口。我看著你忽隱忽現的梨窩，浮上來，又沈下去。彷彿預言，我們未知的，相聚離散。

一切，真能如你在我耳際許諾的那樣，未知，並非是悲涼的結局，有可能是燦爛的開始。倘若是，我的夜，為何會一天比一天灰暗，為什麼我的淚，在迷離的寂靜中，無法停止。

（青年日報，二〇一七、八、一〇）

迷霧

我喜歡迷霧般有雨的日子。因為雨，因為迷霧，像你。當我把窗推開，雨便隨霧飄了進來，那樣就沒有人會察覺我眸中的淚，探知你曾經存在的祕密。

有多久了。遺忘是我夢昧以求，雨後的彩虹。直到你來，坐在往日依偎的窗臺，發呆出神的角落，一雙驕傲又憂鬱的眼睛，定定的望著我，彷彿質問，我不是承諾，永遠為你聆聽，貝殼裡小小的海洋，無論波濤多麼洶湧，都能在我心底安穩如昔。

怎麼此刻，你的潮水，逐漸在我的光影裡消失，頃刻窗外的雨，蜿蜒於城市每個憂傷的巷弄，不斷扣問塵封的記憶，究竟是誰，背離了雨。

我坐在冰冷的書房，一回又一回，流連在你的夢境，那整片墨藍幽深的海洋，眼見遠方寂寥的港口，就要讓雨淹沒你孤絕的身影。

原來，你從未遠行，像往日每次相遇的時刻，總愛依著窗臺，坐在眾聲喧嘩，聽雨，枉顧世界的

圖／王聖彤

窺探，任微笑的眼眸，穿透我，穿透我們迷霧般的時光。

以致叫我怎麼捨得，你那張隨雨浮漾在窗臺，晶瑩似雪的臉顏，閃爍如星的梨窩，又怎麼捨得放下你，夢裡那雙纖細修長的手，夜夜為我背著眾生，彈奏出你飛揚的青春，我迷霧中，最甜美的回憶。

（青年日報）

風一吹

風一吹，叫醒了
窗子
世界，悄悄散開
記憶裡的湖泊
透明如鏡，晴空
燦爛依舊
風一吹，小船兒
划入夢境
薄紙疊成的森林
露水，閃耀著
金黃色鋒茫
掀開的盛夏
風一吹，誕生

一枚，甜甜的
紅太陽
我看見，往日
仍坐在車廂
心尖的藍天
風一吹，漸次翻湧
成浪，一呼吸洋面
浮動的雲朵
海岸，連綿不絕
花開的聲音
落滿你，清澈的眼眸
柔軟的，心

——曾湘綾

也許

也許
夢到了盡頭，末了
會吐出生命
天空說是霧
也許
骨架會成橋
搭起記憶的波紋
我的雙眼是星星
眨眼那另一半甜心
也許
記者會來問候
還我自由，和夢
也許

歲月是幻影
埋沒沙漏裡的空洞
我是一襲霧
也許

——張懿

4

城市之歌

鳴了一夜混沌
城市
指揮一齣恬淡
波濤滾落一把青春
村裡來的她
波動起
城市交響的
鄉村之歌
如彗尾般的
心靈餘味

——章家祥

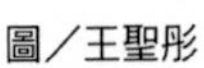
圖／王聖彤

牙疼

牙疼

她牙疼好久了。他要她去看牙，別老是吃止痛劑。她點點頭，偷偷丟了兩顆藥放在嘴裡，沒一會，牙也就好了，又跟過去那樣，看起來潔白亮眼。

像他說的，妳的牙跟妳，美到可以去拍廣告片。那時，她才十八，未經世事。二十年，轉眼過去，她和她的牙，似乎，美麗如昔。

像她說的，若只看外表，還能唬人，要是張嘴，除了有點腫，還惡臭難聞，恍如他們，早已麻痺的婚姻。

（聯合報，二〇一五、三、九）

百年孤寂

再差兩天，他就要過百歲的生日了。沒有人知道，村子裡最長壽的他，為什麼會微笑的死在自己的床上。

法醫驗過屍後，搖搖頭說，別查了，他是自然死亡，不是他殺，要捕風捉影的媒體，和忙的焦頭爛額的警方，不用在他身上，浪費時間。

此時，躺在太平間，依舊不改生前愛笑習性的，他的屍體，愉快的念著，他終於可以擺脫將近百年的孤寂，和他心愛的，早已往生的家人團聚。

（自由時報，二〇一五、五、三〇）

彼岸

午后，有風拂過，蒼綠如浪的草原。有夢，在遼闊無邊的荒野，飛翔。誰，指間的霧，緩緩昇起，自遙遠的山林。

何時遠方的窗口，鈴聲微漾，望著她，枕著夏日最後的香氣，窺見他，背著荒野，穿越蓊鬱如夢的草原，走進她的眼眸，像波光豔斂的海，倒映的青空。

入夜，星子們，恍惚知道，而今而後，她是天涯，他是海角，彼岸的回音。一展翅，飛出迷霧，闖入心房的，不再是雄渾的山林。

（人間福報，二〇一五、五、一二）

空中纜車

她有點遲疑了。站在橋頭，望著橋下奔竄的溪流與數之不盡的發燙的岩石，想像自己一旦跨上去，可能再也沒有回頭的機會。

丈夫見她膽怯，順手拉著她，坐進了兩人合坐的空中纜車。後面的遊客嘻鬧著，隨著他們一躍而入這高空的絕佳觀景臺。像在藍天中自由奔馳的小鳥，盡情俯視眼前整片蓊鬱的山林，大家興高采烈的聲音，剎那間，更是響徹雲霄。

緊依著丈夫，她的心，禁不住跟著四周歡樂的音符，飛揚了起來。絲毫沒察覺，她身上空中纜車的繩索正緩緩鬆開，丈夫的臉，正一點點陷入午後的陰影，暗了下來。

（自由時報，二〇一五、二、二八）

重逢

他站在哪裡，已經很久了，似乎在等待甚麼。時間分分、秒秒的過去，他不斷的東張西望，神色比之前更為焦急，彷彿怕誰失約。就這樣，他在自己的公寓，走來走去，一會看手錶，一會看門口有沒有音樂響起，有沒有輕微的腳步聲緩緩靠近。他記得，再過不久，就是約定的時間，可門口，除了微寒的天氣，流逝的記憶，甚麼也沒有。有的只是他思慕的眼神，跌宕不安的心。

也不知甚麼時候了，直到那熟悉的香氣，再度鑽入他的鼻息，十年前的往事，恍若浮現。終於，他又看到闊別已久的妻子，看到成群的兒孫，跪拜在他的眼前，依依不捨的將妻子的牌位，小心翼翼地，安放在他的身旁，看見妻子衰老的容貌，剎那回復到往昔的美麗，深情地凝望著他，也走進他們的新居，重溫半世紀前，新婚時的甜蜜。

（聯合報，二〇一四、五、一三）

飢餓的冰箱

打開冰箱，空無一物。她突然感到害怕，覺得整個世界，都跟著虛無的冰箱，感到份外飢餓起來。已經快到傍晚，吃飯的時間，丈夫還是沒有回來。

她坐在冰箱門口，開開關關，好幾回，彷彿想像的食物，會從冰箱竄到眼前，滿足她空虛的腸胃。太陽下山，隔壁的廚房，緩緩飄來陣陣的菜香。

丈夫，依舊渺無蹤跡。午夜時分，她打開冰箱，恍惚看見自己，微笑地，倒掛在空無一物的家園，品嚐夢中溫飽後，往日，甜蜜的滋味。

（自由時報，二〇一五、五、二）

預報

男人衣著光鮮的站在播報臺，電視螢幕上陸續打出豪雨成災，山區有多處落石坍方，數十位居民等待救援。男人表情嚴肅地訴說災情的慘重，呼籲大家未來幾日，更要嚴防颱風來襲，地牛再度翻身。

總之，一切保重。

女人握著電視遙控器，對著螢光幕裡的氣象播報員，她光鮮又嚴肅的丈夫，喃喃自語，房子貸款，半年沒繳，孩子車禍，傷勢嚴重，還有，婆婆在加護病房，好像快要不行，還有，你那個女人的事，究竟要怎麼處理。還有，還有，還有，還有，你到底甚麼時候要回家解決問題。

（聯合報，二〇一五、四、二三）

賞味期限

母親出門，買了一大袋東西回來。為了讓女兒虛弱的身體早日康復，不惜撒下重金，從專賣保健食物的店鋪，添購不少罕見的藥材。有韓國人蔘、野生靈芝、還有以曬乾的海馬煉製而成的中藥，舉凡種種寶貝到不行的珍品，都是母親疼愛女兒的用心。

此刻，容易反胃的女兒，躺在床上，不知聞到甚麼氣味，一直感到暈眩，直到母親打開房門，將熬好的中藥，親手端到女兒的面前，自小驕縱的她，終於禁不住憤怒，媽，這是甚麼玩意啊，別說要我喝，連拿到跟前，都嫌噁心。快，快，快，快，快點拿開啦。

瞬間，母親恍若看見往日情人，嘲弄地吐露，再這樣胖下去，別說要出門，連跟妳站在一起，都覺得噁心啊。那年，女兒藏在母親的肚子，正好滿月。

（聯合報，二〇一四、一、七）

擴張以前

她和女人對座，訴說前塵往事，她的丈夫，安靜地看書。女人不斷地回憶過往，她不斷地微笑傾聽，從青春的戀情到中年的豔遇，從年少輕狂到兒女的反叛，從昔日的放浪不羈到如今的雲淡風輕。每講一段，每說一句，女人跟她，每每心領神會，相濡以沒。偶爾，更不忘放肆大笑，自我解嘲。兩個將近半百的女人，整夜不厭其煩的回憶，互讚對方容顏依舊，才華如昔。

直到安靜的丈夫，擱下書回頭，是啊，是啊，兩位美魔女，除了稍稍擴張以外，你們一切如昔。

不知怎地，她們的身體，轉眼膨脹了起來。

（聯合報，二〇一四、三、七）

鞦韆

她在鞦韆上。有個女孩，跑了過來，跟她一樣，坐在鞦韆上，晃來晃去，恍若要晃走，所有的憂傷。

女孩望了她一眼，流露出天真的笑顏。她，望了女孩一眼，滿臉盡是悲戚。我們見過嗎？看著鞦韆上，對她輕輕微笑的女孩。

女孩沒有說話，只是將臉放在她的胸口，聽她的心，突地撲通、撲通的，跳個不停。剎間，她發現自己躺在醫院，周遭全是雀躍的表情。猛然想起昨晚自己發生車禍，險些喪命，想起鞦韆上的女孩，兒時過世的姐姐，溫柔的眼睛。

（聯合報，二〇一四、三、二一）

月光雨

月光雨

淒清的寒夜，她的指間，彷彿有什麼，飛了進來。人來人往的街頭，跟在身後的少年，走出記憶的迷霧，悄悄為她撐傘。

剎時，盛開的雨花，沾濕她的衣襟，墜入少年微笑的眼眸。於是她輕顫的手指，兀自飄飛的長髮，羞澀的目光，不知該往哪看才好。

許多年過去。她望著，逝去的往昔，異常冰冷的夜晚，一回又一回，在夢裡，望見早已遠行的少年，一次又一次，撐著傘，站在喧騰不已的，寂寞的街頭，微笑地，輕輕，闖入她的眉心。

彷彿從未離開，依舊守護在她身旁，陪她渡過每一個憂傷的夢境，聆聽她暗夜的心跳，感知世界又是那麼遼闊。當她站在傘下，無人的街頭，穿越記憶溫柔的海洋，少年竟恍惚，盛開於月光中，繽紛的雨花。

（自由時報，二〇一六、五、一）

從此以後

離開竹林的時候，雨後的彩虹剛從葉隙間透進來，她低頭嗅聞，還可以聞到沿途山徑上野百合奔放的清香。倘若沒記錯，再轉幾個彎，就能見到闊別許久的小鎮，聽聞鎮上如浪翻騰的市聲。也許稍稍留神，擦身而過的，竟是她朝思暮想的那人。

這樣一想，她那顆沈澱澱的心，轉瞬變得豁然開朗，因過度疲累而顯得遲緩的腳步，也漸漸跟著飛揚，彷彿未知的遠方，真有什麼等著她歸來。

很快的，熟悉的風景如流動的記憶，浮現在她眼前。繁華的小鎮過去，竟是空無一人的車站，磚紅色的斷橋，橋面上斑駁的履痕，鐵軌旁，一根根腐朽的枕木，一道道夢境猶存的傷口。在無常的歲月裡，對她，卻沉寂的宛如暗夜的山洞。

那人，依舊沒有回來。無論，她日日夜夜，往昔在車站，怎麼癡癡守候，附耳聆聽汽笛響徹雲霄，淹沒在戰火中的那人，仍然渺無音訊。從此以後，行經車站的過客，無論風雨，總會遇見她，舔著銀灰色的長毛，睜著一雙碧綠色的眼睛，深深的望向遠方，不知等待著什麼。

（自由時報，二〇一六、一〇、八）

生日禮物

雨下的好大。她遲疑了一會，才跳下車，心底想著，晚上要跟他，去哪過節。

今天是她的生日，往年，不是到湖邊散步，就是回家吃他為她準備的美味料理。

她愉悅的，站在雨中，望著揚長而去的，他的車影，以及舔著她美麗的銀灰色長毛，渾然不知，流浪的日子，即將展開。

（聯合報，二〇一五、一〇、九）

死神之前

有人開門進來了。他們興奮的凝視，一如以往，享受美味的早餐，今天食物的口感，還是無比鮮美。

那時，大塊頭看著小不點，搖搖晃晃的，吃不到盤內的肉沫，急忙把盤子拉高，讓他品嚐香甜的滋味。

大塊頭不曉得，再過不久，他就要告別小不點，他只知道，不能讓小不點餓著。在最後的時刻。當大塊頭正要被收容所，送去當天使，奇蹟發生了，有人搶在死神之前，收養了大塊頭，連同牠最愛的，小不點。

（自由時報，二〇一五、三、二八）

孩子

婦人，走了進來。因為熟稔，不免聊上兩句。

「妳都不知道，清晨五點起來煮飯，忙到渾身是汗，就是想給孩子，最營養的早點。」

「妳也曉得，天氣潮濕，孩子容易起疹子，我特別請美國親友，航空快遞兩瓶藥，還有健康食品。」

「還有，我們家孩子，最愛黏著我。」

「不過，孩子終歸是孩子，有時太搗蛋，我也會像別的爸媽，叫孩子罰站，甚至要孩子滾蛋。」

這時，別的客人進來，笑著跟婦人招呼：「唉啊，廖姐，妳們家那隻法鬥，跟我們家的紅貴賓一樣啦，老早被我們寵壞。」

（聯合報，二〇一六、一、一四）

愛

整夜了。他站在公園，望著她橫躺的身體。久久不語。逐漸加大的雨勢，不斷打在他的身上。路過公園的行人，對他奇異的舉動，竊竊私語。偶爾好奇想靠近，莫不讓他犀利的眼神，嚇得拔腿就跑。以致，整個淒風苦雨的寒夜，他都站在公園，守護著安靜的她。恍若往昔，如膠似漆的夜晚。找了整夜，主人終於發現他倒臥在公園，僵硬的躺在冰冷的母狗身旁。

（聯合報，二〇一四、七、八）

綠寶石

天，無預警的，暗了下來。整條街，黑漆漆的，只剩他，在冷風中疾行。一會，有輛車，急駛而過，剎那間，所有的聲息，又消散在耳際。

在這淒清的夜，沒有誰發現，漫天的星子，全都迷失在他碧綠如海的雙瞳。

自然，更不會有誰知道，他正穿越生死的邊界，為他失去光明的主人，獻上宛如寶石般的眼眸。

（自由時報，二〇一五、一、一七）

遠方

他在這裡已經很久了，久到住在附近的人，在他經過時，都不忘跟他親切的招呼，摸著他的頭，疼惜難捨的，望著他，跛著一隻腳，在寒夜的馬路中拖行。

幾個熱心的鄰里，看不下他日夜的苦行，商量好了，想集資送他去醫院救治，哪曉得他非但不領情，還跑的無影無蹤。

沒有人知道，其實，他哪也沒去，只是躲著，忍著腳踝，日益嚴重的爛瘡。每夜，他看著化膿，逐漸腐壞的身體，在夢裡等待，他離家遠行的主人，再次伸出雙手，猶如過往，給他，深深的擁抱。

（人間福報，二〇一五、三、六）

寵物城市

小壞心來時，才兩個月大，靈巧的身軀，活脫是凱蒂貓的翻版。人人見了，都激動的尖叫，哪來這麼可愛的寵物。

只有她明白，小壞心不只是寵物，也是她心靈上的慰藉。沒有誰比牠，更能紓解孤寂的生活。有時，那份幽微的依賴感，即便親如家人，也無法取代。

每天走在若大的城市，寵物店越發林立的街道，她背著小壞心，沿途不斷發覺、巧遇、聽見、觸摸到形形色色，讓她想掐住臉頰親吻的寵物們，也望著緊緊擁抱著牠們的，如她一般，無數雙溫柔，卻又寂寥的眼睛。

突然她清楚的感覺到，原來自己置身在一座憂傷的城市。

（聯合報，二〇一五、一一、二四）

愛貓之奴

春節晨光初露，當全世界的夢，都還來不及醒，我就被家中那隻銀灰色的黏貓糖糖踩醒。糖糖先是輕輕用牠銳利的小爪子，不斷磨蹭我昂貴的蠶絲被，見我還佯裝沉睡，乾脆跳到我的胸口，趴在跟前，喵嗚，喵嗚的要我繳械，好似發出最後的通碟，喂，喂，喂，妳這隻懶蟲，妳這個貓奴，大過年的，居然敢無視於我貓公主的存在，快，快，限妳在五秒內，立刻起床，送上過年豪華全餐。

這時，如果我膽敢抗命，黏貓糖糖毛絨絨的軀體，就會大剌剌的「坐」在我的臉上，直到我哀嚎討饒，以「光速」完成牠的指令。每回過年，這樣有點血腥的戲碼，老是重複扮演，可天生奴性的我，卻樂此不疲，年年照樣在黏貓糖糖的淫威下，迎接鞭炮聲的到來。

所幸，除了永無止盡的伺候黏貓糖糖外，對於我的同類，那些百般縱容我的親友來說，一到過年，烹調美食、購物灑掃、拜年應對，這些繁雜又瑣碎的細節，沒有誰會為難我去力行實踐，在他們眼裡，與其叫我跟著大伙到傳統市場搜貨添物，四處賀歲報喜，還不如派我去跟貓糖糖玩來的稱心如意，或者坐在書桌前閱讀找靈感，多寫些文章投桃報李有用實際。

因為沒有任何一個家人，在逢年過節，敢吃我洗過的菜，煮好的飯，沖洗的碗。就算有哪位粗枝大葉的親友敢冒生命危險，接受我的全心奉獻，品嚐我親手料理的美食佳餚，也難保自己在過年時，不會有拉肚子，甚至得腸胃炎的危險。以致，一到過年，我常常有被好友至親漠視，或者該說是過度溺愛的寂寞與無奈。

於是每到過年，我竟像個徹底的無用之人，如黏貓糖糖般，只能在親愛的家人面前，耍賴似的晃來蕩去。即便我自告奮勇的招兵買馬，想在春節邀親朋好友打牌餘興，獻上我碩果僅存的美意，也沒有誰有興趣同我這樣連橋牌、象棋、麻將遊戲規則都分不清的迷糊蛋，玩上一局。唉，倒頭來，我只能也只好仰賴黏貓糖糖，證明自己存在的價值。

（人間福報，二〇一七、二、二三）

小情人

剛剛，我正在讀白先勇的小說。裡面有個叫月如的，眉清目秀又淨白羞怯的男大生，不知怎地，讓我想起了你。就那麼一瞬間，我懂了，懂得你，為何讓我如此心動。

因為你是我生命裡，僅有的一個，每每遇上我，就禁不住會害羞，會臉紅，會扭捏，會任性，會霸道，會理直氣壯的告訴我，你是王，你是神，你要我清楚的記住你每件事，又會在我面前忘情的吃醋、生悶氣。

有時你病了，任著我哄你喝水吃藥，有時換我懶了，你便嚴禁我吃垃圾食物，節省不該浪費的每分錢，又有時你不知為何傷悲，更會突然在我面前失聲啜泣，沉默無語也愁眉深鎖，要我輾轉反覆，輕聲溫柔慰藉，才能撥雲見日，綻放陽光般的笑意。

常常，讓我對你的任性霸道，你的驕傲自負，你的憂鬱悲歡，你的細緻脆弱，無可奈何又禁不住心疼憐惜，每每，在與你爭吵之後，無論怎麼絕決，還是放不下你，依舊願意傾聽你的唯唯諾諾，如何揭開你掩藏的心，吞吞吐吐的，坦誠你對我，當然的不捨。不捨得。面對我們無可避免的別離。

記憶中，你那張白裡透紅，圓圓又粉嫩的臉顏，還有頰上閃閃爍爍的梨窩。一旦輕輕的笑著，總也讓我發自內心的，跟你輕輕的微笑起來。那時，我的眼睛，我的世界，只有你了。

我從來沒有對你承認，你笑起來，有種孩子似的甜蜜，那種甜甜的滋味，不知不覺便會沁入我的心底。還有你那附耳，對我小小聲的怨懟，輕的比空氣還輕的聲音，以及那些微弱到只有我和你才聽的見的，細細的爭執。怎麼回想，都只是無限的甜蜜。這羞怯又驕傲的你，那霸道又愛臉紅的你，你肯定不知道，早已盤據我的心。

今夜，我只想對著窗外的月色，對著那些逝去的美好時光，輕輕的吐露，我想你，好想你，每分，每秒，深深的。

（青年日報，二〇一七、八、一八）

等待銀杏

等待銀杏

眼見快到黃昏，郵差仍遲遲未來，我的一顆心，懸在半空中，恍如迷失於大海的船隻，迫切尋找暗夜的港灣。回想多年前苦苦守候日本男友的情書，每日每夜竟成了我最甜美，同時也是最煎熬的等待。

那年由於時空的阻撓，我和遠在東京大學念碩士班的日本男友，平常為維繫我們的感情，總是以書信為盟，做為彼此的見證。亦或是每隔兩天約好打電話的時間，好聽聽對方的聲音，以解相思之苦。那時電腦尚未普及，自然更別提有手機視訊可以立刻聽聞得見情人的倩影聲息。

正因為重逢如此艱難，我們的異國之戀，猶似男友東大校園內的銀杏樹，總能在漫天雪地裡，散放出璀璨美麗的光芒，彷如冰封的時節越久，越能考驗我們堅定的心。我還記得交往兩年後，頭一回獨自深夜搭機到成田機場，望著趕來接我的男友，疲憊又深情的將我輕擁入懷時，我告訴自己，即便此刻化成窗外的細雪，紛飛消融於他溫熱的掌心，也決不懊悔。

可當戀情歷經長久的等待，不斷的誤會磨折後，往昔的浪漫體貼，不再是山盟海誓，反倒成了互相猜疑的理由，撕裂彼此的藉口。

久了，守候書信的甜美焦慮，蕩然無存，只剩下沈重的愛的包袱。於是我們都知道，看不見曾經仰首期盼的未來，男友終究耐不住暗夜的寂寥，悄悄背著我離開，發誓相守的銀杏樹林。而我呢，也忘記從何時起，偷偷將眼神寄放於星空下，那整片墨藍幽深的海洋。

（自由時報，二〇一六、一二、一七）

從那時起

前些時候，我去買了曾經送給你的書，星野原寫的《從生命的車窗眺望》。一剎那，又回想起，八月三日那天下午，只記得那時走進報社書店，第一眼發現這本書，就覺得非送給你不可。而你，應該是唯一的，當我送給你書時，竟靠在教室角落，只凝著我，卻連起身取書都不肯的少年。

有意思的是，我居然沒有生氣，也無可奈何的走近你，當眾親手將書放入你的掌心。因為，你的眼神，已經告訴我，我必須走向你。

你是一個我從未遇過的少年。我只能穿越文字，發現你。但，走進你的文字，你心中的世界，對敏銳如我，是件極其危險的事。我清楚自己，要續寫你的文章，輕而易舉。所以，就算你屢屢央求我幫你，我總是果斷的拒絕。因為，我必須跟你保持唯美的距離，讓你自己書寫，誘你真實的靈魂「發聲」。

當我一次又一次貼近你的文字，悄悄感知你內心的躁動，我在深深著迷你所呈現的心靈世界之餘，竟興起一股潛逃的慾念。

你對我，無疑是太早熟、太敏銳、太溫柔細膩了，我憂懼你，總能永遠在繁囂中，保持清醒，用那雙清澈的眼眸，冷冷的，環視周遭。這樣的冷冽，或許是因為你，早慧的孤獨，習於在喧騰間，掩藏暴烈的夢，以致，你每每在大家散去，只有你，只有我時，讓我親近真實的你。

偶爾，你敲著空盪盪的教室，那面薄薄的牆，任小小的聲響，從你纖弱蒼白的指縫，流洩而出，由我想像這樣的手指，在黑白琴鍵上，恣意飛揚的神采，會彈奏出什麼樣的旋律；偶爾，我輕輕按著你的肩頭，貼近你的臉顏，細細催促你和你的故事，為我而生。那時的我，像個貪心的孩子，等待著你筆下幽幽迴盪的傳說，為我帶來雨後繽紛的彩虹。

我必須承認，我喜歡閱讀你，以及你的靈魂。在你沒有發現的時刻。那讓我感到安穩，四周寧靜如詩，勿需牽掛你的任何語言，絲毫變動，會令我手足無措。任由心中的我，能隱瞞眾生，對你輕輕回眸，並且微笑地凝望你，以一種只有我們知曉的語言，向世界透露，我，懂你。從我進教室，第一眼遇見你，遠遠望著你，坐在那個靠牆的角落，聽你開口對我說的第一句話，那微微傲慢的質問。是的，從那時起。

——為一個才華洋溢的孤獨少年而寫。

（青年日報，二〇一七、一〇、一一）

小王子

她很安心。一打開門，就能看見他在沙發上，靜靜的望著她。每天，點亮書桌的燈，打開電腦，她收信寫作之後，總愛對著身旁的他，傾訴起生活的種種，快與不快。

親愛的他，每每聽了，如常望著她，溫柔的，彷彿她說的每一句話，每一個字，都可以輕易闖入他的心扉。她是他，驕傲的玫瑰，只活在他的星球上。

直到她離開，親友收拾她的東西，才察覺那隻貓，依然坐在沙發上，望著她的遺照，深情的守候，恍如過往，每一個淒清的寒夜，給她溫暖的擁抱。

（聯合報，二〇一五、一、二〇）

坐在時光裡

女孩坐在有點昏暗的房間，靜心等著他的到來。一刻鐘過去了，門外響起沉重的腳步聲，是茶館的侍者送來女孩最喜歡的甜點，有醃製的梅子，有手工餅乾，還有他最愛喝的金桔綠茶。

女孩記得，他總喜歡在這樣淡如水、明如鏡的秋天，領著她繞過滿是楓紅的校園，沿路吟誦新寫好的詩篇，像溫柔的風，輕輕的拂過她的耳際，讓她感知生命的美好與歡愉。

一個小時過去，門外除了茶館內，其他來客的交談聲，就再也沒有任何動靜，女孩依然坐在昏暗的房間，安靜地等著遲遲未來的他。女孩想起，離開學校前，他總喜歡騎著車，帶著她在椰林樹影間，尋找雨後的彩虹，聽他說，女孩身上的芬芳，恍若，天上人間。

一天，終於過去，侍者走進漆黑的房間，打開燈，擦了擦放在案上的照片，女孩依然微笑的坐在時光裡，從未離去，一如女孩記憶裡的他，活在她的夢境，從未現身。

（聯合報，二〇一四、四、二一）

彷彿

有片葉子，落了下來，落在她的掌心，落在初秋的荷花池畔。還有，他將逝的夢境。

多少年過去，她依然站在那裡，他們初識的，微涼的午後，聽風悄悄拂過她的耳際，聽他，一如往昔，就要走進她的心底。

風不知道，遺忘青春的她，還要凝望池上的漣漪，落葉飄飛的時節，守候誰的身影。彷彿，除了記憶，除了他，沒有人知道。

（人間福報，二〇一五、四、七）

春櫻

每天下課，只要坐在春天的窗口，都可以看見她站在櫻花下，癡癡的笑著。路過的山上的學童，經過校園外的櫻花旁，總不忘嘲弄她兩句。

奇異的是，任憑孩子們怎麼取笑她，甚至，拿小小的石頭，輕輕丟擲。那時，深深凝視櫻花，全身襤褸的她，依然，不為所動。

彷彿這世上，唯有眼前的櫻花，才是她存在的意義。因為，她知道，那人沒有忘記，即便遠行，春櫻，仍是他在人間，對她，不變的惦記。

（自由時報，二〇一五、四、四）

詩人

有腳步聲，越來越近。想這荒郊野嶺，除了她，還會有誰在冷的要死的午夜，鑽進深山的草叢間餵蚊子。

哎，要不是得履行當初愛的承諾，每年到詩人的祭日，為他焚香獻上鮮花，以證明自己對他的深情無悔，也不用背著丈夫、孩子，大老遠的開車來這兒餐風露宿。

但轉念，為了此刻躺在墓地裡的詩人，仍是值得的。畢竟，他曾與她追逐過螢火蟲的傳奇，為她寫過多少纏綿悱惻的情詩，又在多少回淒冷的雨夜，為她徹夜不眠。

心頭一緊，詩人俊美的臉顏，浮現在她腦海。韶光飛逝，屈指算來，他也入土為安好些年。就在她不斷惦念起，與詩人甜美的往昔。方才的腳步聲，突然由四面八方，席捲而來。頃刻，暗夜的草叢間，響起女人們，此起彼落的啜泣聲，似乎同她一樣，為詩人的死，感到悲痛欲絕。

（自由時報，二〇一四、一二、一三）

跟蹤

走進廟裡，半個人也沒有，只有裊裊的香氣，縈繞四周。不遠處，隱隱傳來誦經聲，女人想起他離開時，窗外大雪紛飛，一如此刻，寒梅盛開的時節。多年不見，不知他是否記得當時的約定。

寫到這裡，男人突然站了起來，打開窗戶，讓午夜的冷風，灌入他的腦門。男人清楚地記得，那天當他偷偷跟在女人的後面，走進廟裡，不敢相信那人居然站在自己的眼前，脣紅齒白的臉顏，並未因歲月的侵擾，而有任何的改變，看見那人緊緊跟在女人的後面，懷中有寶玉隱隱發光。男人也看見女人站在那人的眼前，卻看不見他，雪下的比來時更加迷濛，誦經聲大如暮鼓晨鐘，廟裡除了他們半個人也沒有。

回家以後，女人就病了，整日整夜的掉淚，淚落入塵土，竟化為朝露。男人想起那人，彷彿在哪見過，彷彿那人，是前世的容顏。

（聯合報，二〇一四、一、二二）

歌

他走時，什麼也沒說。只留下一把壞掉的吉他，和一首寫給她，來不及寄出去的歌。這夜，天好冷，四處的風沙，就要淹沒他離去的背影。

兩年後，她也走了，同樣什麼也不留。除了那夜為他沾濕的衣襟，以及那把不知壞了多久的吉他，跟一首始終忘記為他，拆封的歌。

就這樣，不曉得過了多少年，等他們一個個，都成了彼此揮之不去的記憶。那首讓他們遺忘在時光裡的歌，終於在漫天飛舞的風沙中，溫柔的吟唱，無論妳在多遠的地方，直到妳變了模樣，直到妳把我遺忘，妳依然會是我，心愛的姑娘。

（人間福報，二〇一五、四、七）

橋

才上車，司機就指著馬路，妳看，那座橋不見了。市長的動作還真快，說幹就拆，超有效率。

忙著滑手機的她，先是一愣，也隨聲附和，是嘛，這兩天忙，路過都沒發現。哎，果真，雷厲風行。這時，窗外的雨，突地，落了下來，連同她消失已久的記憶。

多年前，同樣的雨夜，男人輕擁著她，就在那座橋，兩旁呼嘯來去的車聲中，輕輕那麼一吻，便也奪去她，華美的青春。

（自由時報，二〇一五、一〇、九）

錯過

臨近黃昏，有個男人，坐在靠窗的位子，低頭喝著咖啡。有時，聽車子駛過，便也仰面，望了一下。

然後，甚麼都沒發生。男人繼續喝著早已冰涼的咖啡。驚覺，夜，不知何時，穿越指間，佔領他的眼眸。

直到月光佈滿咖啡館的窗臺，燦爛的星空，直到男人兩鬢飛霜，門外的足音，依舊在歲月中，錯過。

（聯合報，二〇一五、五、二四）

聽海

抱著書，她睡著了。夢裡，聽見海，彷彿有人，悄悄守著她。那腳邊，被浪打濕的鵝卵石，冰冷的心，便跟著暗夜，潮浪的翻湧，漸漸，溫暖起來。

在夢境，任誰也不知道，沾濕她衣襟的淚珠，竟成了另一雙眼睛，倒映在心海，掌上的繁星。

此刻，她夢裡的海洋，宛如藏在耳際的貝殼，任著胸中的潮浪，不斷拍打礁岩，喚醒她，美好的時光。

（人間福報，二〇一五、三、二七）

星星的下落

星星的下落

整整一周，住院的女孩發現鄰床男人，每到深夜就瞞著巡房護士，偷偷溜下床，不知跑去哪廝混，幾個來探病的同房家屬，對男人的行蹤更是言之鑿鑿。

嘴壞的，說男人原是竊賊慣犯，雖然病了，仍不免手癢難耐，趁著夜深人靜，對左右故技重施；稍有良心的，則懷疑男人該不會得知妻子車禍身亡，自己又去日無多，試圖找個地方了斷，共赴黃泉。

每天女孩聽著來自各方的猜測，逐漸好奇起鄰床男人午夜的下落。

揭開祕密的時機，終於來了。女孩暗暗跟著男人輕巧的腳步，繞過病房無數雙沉寂的眼睛，來到黑暗的花園，看著男人突然對著夜空，喃喃自語，親愛的，希望妳變成星星以後，一樣聽得見我思念的聲音。

（自由時報，二〇一六、五、六）

回家

小毛躲在門外，偷偷張望，眼鏡因過度緊張，差點滑落。半刻鐘過去，四周依舊毫無動靜。如果有，頂多是小徑不時繞來轉去的山犬，發出的悲鳴，哪來謠傳的可怕黑影。

太陽下山已經好久，馬路的燈光，隨著暗夜降臨，一盞跟著一盞，明亮起來。眼見沈重的行李，壓得肩膀酸疼無比，小毛還是近鄉情怯，無法走進去。

等夜更深，霧，不知不覺濃了。掩不住猶豫的小毛，總算鼓足勇氣，獨自邁開步伐，來到心中不斷出現的院落。這兒有熟悉的庭園風景，淡淡的清雅香氣，也有小毛惦念的一幕又一幕，童年的美好記憶。

安心以後，小毛發現親愛的家人，正圍坐身旁，折著一朵朵美麗的紙蓮花，彷彿微笑，迎接小毛的歸來。

（青年日報，二〇一六、七、一八）

消失的泡沫

颱風過後，窗外一片狼藉，落葉殘樹遍地，盛夏的蟬鳴，卻嘹亮如昔，恍若燦爛的陽光依舊。

屋內的女孩坐在桌前，望著手機簡訊發呆，念著給男孩最後通牒：「若你還是不理我，那我消失好了」。不遠的水族箱，透明玻璃內的海葵，攀附於礁岩，緩緩蠕動著，幾隻色彩繽紛的熱帶魚，正穿梭其間，自在優游。

沒多久，女孩懷中的貓，舔著銀灰色的身子，抬頭望著女孩目不轉睛，緊盯著掌心的手機螢幕，微微嘆息，似乎察覺什麼，也喵嗚了兩聲，縱身一躍，跳出女孩的胸口，又蜷縮於書房的角落。

原來掛在水族箱外，小小的馬達突然失靈，只見懸浮的海葵從礁岩上剝離，迅速澎漲變得巨大起來，且不斷在上升的水面飄移，熱帶魚更跟著翻湧壯麗的海葵，忽上忽下，急切的隨波逐流，眼見就要奔竄出來。

這時女孩的掌中，忽地震了一下，沈寂的手機，閃動耀眼的鋒芒，在悶熱的盛夏午后，彷彿召喚前世的咒語。望著男孩遲來的消息，苦苦守候的女孩，掩不住滿心的雀躍。

但見螢幕冷冷顯示：「消失，最好」。一瞬間，女孩竟宛如吹彈可破的泡沫，消失在桌前，飛快暴漲的水面。

（自由時報，二〇一六、一一、一八）

小美

進屋以後，小美才發現，爸爸在公司加班，很晚才會回來。小美看見桌上有爸爸特別為她準備的，熱呼呼的咖哩飯。

於是小美從書包裡取出爸爸送她的彩色筆，開始坐在客廳，塗塗抹抹起來。

午夜來臨，小美的爸爸拖著疲累的身子終於回到家。一進來察覺，客廳供桌上，除了冰冷的咖哩飯，女兒小美的遺照前，還多了張小美摟著他親吻的畫像。

（自由時報，二〇一六、一、三）

奉獻者

男人走了出來，穿上那件舊風衣，來到公司的停車場，迅速打開那輛二手車，跳了進去。

他的妻子，和那雙兒女，正在家煮飯，洗衣，玩樂，或者，做功課，看電視，等著他，這個月的薪水，與績效獎金，一起回來。

不久，妻子邊開窗，邊打手機，催促下了班，開車的男人，趕緊回家，她等著他，繳費，存錢，投資，理財，孩子們，同時候著他，說故事，講心事，教功課。

然後，男人聽了，他和他的車，突然，不動了。就在這時，後照鏡，親眼目睹，男人消失在風裡，徒留車上的手機，妻兒興奮的聲音，說個不停。

（聯合報，二〇一六、一、三一）

虱目魚湯

丈夫提議去喝虱目魚湯，她怕魚刺，先是拒絕，後又匆匆拉著丈夫，快速鑽進夜市。不一會，渾身是汗的老闆，就在他們面前，送上兩碗虱目魚湯。她看著丈夫，享受美味的湯汁，也將魚刺慢慢挑出。那心滿意足的模樣，彷彿是她，時光的倒影。

童年，奶奶在她生病時，總喜歡煮虱目魚湯，悉心將魚刺挑出，為她補身。新婚不久，回娘家，聽聞孫婿生病，奶奶依然拖著老邁的身子，親自下廚，一次再一次，老眼昏花的挑刺，將那碗熱騰騰的鮮甜湯汁，送到他們面前。

就在剛剛，她拒喝虱目魚湯之後，猛然憶起，今天是奶奶的忌日。

（自由時報，二〇一五、一二、二七）

祕密

老人背著鏡頭，骨瘦嶙峋連開口的力氣都沒有。室內的燈光比日落之前更加熾熱，四周靜的只剩下心跳的聲音。冬日的第一場雪就要來了，就要埋伏在窗外，冷冷望著老人，躺在冰冷的手術臺上，將記憶封存成暗夜的祕密。

鏡頭外，同樣是酷寒的季節，少年揭開墨藍的星空，看著全身插滿針管，面容枯槁的老人，舉目無親後，依舊堅持苟延殘喘。沉默的少年坐在時光的列車，恍如聽見大雪紛飛的夜晚，臨終的妻子緊握老人冰冷的雙手，微笑要他許諾。無論如何，在她遠行，都要為她活著。

（自由時報，二〇一六、四、九）

迷途

一轉身，爸爸就不見了。整座喧騰無比的動物園，頃刻，變成可怕的暗夜，彷彿只剩下孤獨在行走。

於是女孩，躲開暗夜的凝視，跑到動物的身邊，耳語，自由的號角，已經響起，只要仰望星辰，就能發現天空之城，正往這兒前進。

不久，月亮居然看見，女孩和童年的動物，飛了起來，逃離時光的牢籠，在未知的銀河，迷途。並且，永不回頭。

（聯合報，二〇一五、一二、二九）

夢

離家不遠的小公園，坐著一男一女，靜靜在雨中，手牽手，盪著鞦韆。隨著雨勢越大，他們盪的越高，有時，高到幾乎就要摔了下來。可他們，不但不驚慌，兩個人的臉上，似乎還流露出愉悅的表情。

然後，她竟發現丈夫，緊緊牽著她的手，不知何時，坐進窗外的小公園，眼看著，就要雷電交加，風狂雨驟的前夕，彼此相識而笑，盪著鞦韆，不斷在逝去的美好時光中，越盪越高，也越來越無所畏懼。

（自由時報，二〇一五、一〇、三一）

也許藉由失去你，才能完整的擁有你。誠然，你是如此的青春稚氣。面對鏡頭時，那雙無邪靈動的眼睛，時時刻刻牽引著我的心，莫名的，使我遺忘了歸途。

不過是盛夏的記憶，如今念及，竟彷彿是前世。手機螢幕上，那些你傳來的燦爛的星火，溫柔的月色，蔚藍如鏡的天空，是否還藏有你往日天真的眼眸，羞澀又倔強的臉顏，試圖窺探我，歲月無常的祕密，以及無邊的暗夜，久久無法入眠的憂傷。

於是連神都知曉，曾經，有那麼一瞬間，你的淚，將凝聚成我胸中溫柔的海洋，你的笑，彷彿能讓我冰封的季節，幻化為盛放的春天。你的歡悅與哀愁，曾經，像空氣如影隨形，左右了我的世界。

如果，時光可以重來。你是否依然是那位宛如天使般純潔的少年，我，是否仍舊是你眸中，唯一不變的想望。

（青年日報，二〇一六、一一、五）

每一扇窗櫺

母親回來了，就坐在窗口。窗外正下著雨，有風，微微拂動。書桌上，我寫了一半的稿子，墨漬未乾，仍散放著母親送我的鋼筆，獨有的淡淡香氣。一會，不知怎地，雨，竟越過窗櫺，襲入我的眼眸，沾濕了衣襟，隨風化成我掌上晶瑩的淚珠。

猶似童年仍藏在雨中，我依然是那個綁著麻花辮的女孩，愛擁著母親，坐在黃昏的窗口，望著可愛的瓢蟲在綿綿細雨，在綠蔭花影間振翅滑翔，喜歡膩著母親，聽她，對我輕輕吟誦，「落花人獨立，微雨燕雙飛」的詩句，恍惚察覺母親，看著窗外紛飛的雨絲，那雙寂寞的眼睛，似乎掩藏著什麼，祕密的哀愁。

那年，鎮日向母親撒嬌耍賴的我，即便隱隱發現，母親望著落雨的窗口，每每露出憂傷的臉顏，卻寧可佯裝母親是快樂的，唯恐生活裡有任何的變動，就會在轉瞬，失去母親的疼愛與寵溺，讓歲月陷入無邊灰暗的深淵。

如今念及，我是多麼的自私，為了童年的安穩平靜，任由母親的抑鬱，漸次加深，卻視而不見。那時，關於家中的蜚短流長，早已瀰漫城市每個角落，暗暗侵擾，我們努力偽裝的幸福。日日夜夜，母親心底的淚，像此刻，窗外不斷墜落的雨滴，翻湧成潮浪，擊打著，我試圖遺忘的，每一扇掩藏著她哀愁，祕密的窗櫺。

或許，是受到母親的感染，也或許，在有雨的日子，坐在黃昏的窗口，總能讓我想起童年與母親相依，備受疼惜的時光，感覺辭世已久的母親，仍如常坐在那兒，伸出雙臂，等著再次擁我入懷。

坐進時光裡

也不知為了什麼，從何時起，我總喜歡坐在靠窗的位子，聽雨，落進心底的聲音，也許，是因為你，因為你總喜歡坐在教室的角落，懶懶的依著牆，一雙清澈的眼眸，凝著遠方，彷彿那兒有扇看不見的窗子，窗外有藍的透明的海洋，只要你輕輕附耳，就能聽見潮浪奔騰的聲息，想著你是海鳥，掠過澄澈如鏡的晴空，一展翅，整個世界，都是你靈動的身影。

偶爾，我會聽見你，夢裡的回聲，在你每一回推開門扉，我正要起身離開，總能感知另一個你，依然坐在灰暗中，教室那個熟悉的角落，低著頭，也許沉思，也許緩緩滑行著，任那墨色，在翠綠的格子裡，揮灑出什麼，我急欲窺探的祕密，那些關於你的，我無從追尋的過去，或者未來，或者僅僅是你抬頭望著我，遺忘的寂寞眼神。直到教室的燈熄滅，直到走廊的盡頭，只聽的見我的足跡，幽幽迴盪，窗外的雨，天空的眼淚，無端墜落的輕音。

我想像你，離開教室，揮別我以後，正走進黃昏的街景，踩著漫漫的水色，聆聽突然湧入，如海翻湧的市聲，想像你，如何輕輕皺著眉頭，瞇著那雙微微慵懶的眼睛，跟著滴滴答答的雨音，消失在北城夜暮將臨的時刻。

想像你，也走入雨中的公車，如我一樣，坐進靠窗的位子，與我在記憶裡並肩，附耳傾聽那窗外紛飛的雨滴，落進我們心底的聲音，感知這淡淡的冰涼，有種奇妙的相遇。竟彷彿，我們，從未別離。

（青年日報，二〇一七、九、一五）

午夜微雨

午夜的北城，又落雨了。可我喜歡這突如其來的微雨，為熱烈似火的大地，帶來清新的氣息。那瞬間的雨絲，在星星熄滅的天際，總是帶著一丁點詩意。而你那兒呢？是有雨紛飛的夜，還是發燙的夢境。

南方之都，最邊陲的港灣，是否仍有你望著窗，凝視的身影。如果有，一下子，便也覺得離你好近，恍若觸手可及。

我又發現你，藏在遠方的，我陌生的教室祕密角落，看著窗外同學們捧著籃球呼嘯而過，任著眼眸，任著你的一顆心，穿越萬千雨點，肆意隨風飛翔，將你過度蒼白的臉顏，纖細的手懶懶的掛在窗臺那兒，似笑非笑地，望著翻飛的青春，一天天在你指縫揚逝，也毫不留戀。

猶似時光可以為你停駐，定格在你眉間的風景，不必在乎，來來回回，生命反覆的流轉。只願如我聆聽，此刻暗夜，雨不斷降落的輕音。滴滴、答答，像你書桌旁忘了鎖上發條的鋼琴音樂盒，無端為我流洩的，記憶裡的溫柔。

那些細微的耳語，穿梭在我暗夜的雨點，在你想像的詩歌中，是否留下什麼惦念，足以讓北城附耳聽見南都，砰然的線索，聽見狹長的海岸，微微翻湧的浪花，潮水退散的銀白色沙灘上，有誰的足印，起伏不定，一波又一波，埋藏於深海。

啊，午夜微雨，滴滴答答，答答滴滴，微微波動的心，南都之灣，北城之窗，靈魂共振的回音。

（青年日報）

5

電臺裡的女人

攀出窗臺的藤
拍打迷濛的幢影
咀嚼
一個夜晚的蘋果香
靈動的手指
梳整稠密奇異的
大腦細胞
海市蜃樓的魔幻
總在星星閉眼後
塵埃落定

——章家祥

電臺裡的女人

電臺裡的女人

站在巷口，她猶疑了一會。還是，進去了。

背帶裡的貓，正安靜的睡著，午後三點，灰濛濛的天，街道上，行人寥落。她知道，再轉個彎，便是電臺，那兒會有一個喜歡站在寒風中抽煙，高個子的年輕警衛，等她。果然，警衛捏熄了煙，正朝著她揮手。

「曹姐在五樓，坐電梯上去，出門走過長廊，廊底那間，就是她的錄音室。」警衛盯著她說。

可能是這棟大樓年久失修，電梯老舊，她總覺得聞到一股發霉的氣味，流竄在空氣中。好像她不是搭電梯，而是被反鎖在巨大的皮箱裡。這樣想，電梯的門，突然開了。

她探頭出去，只見灰暗一片。等她走出電梯，才發現有人坐在外面，正拿著手機說話，見她來了，即刻掛上電話：「不好意思，請問妳找哪位？」

「曹姐。」

「哦。她剛送朋友下樓，要不，妳到會客室等。」女人邊說，邊領著她穿過長廊，來到靠近錄音間的會客室。替她打開燈，泡了杯茶，又客套了幾句，便也關門離開。

不久，會客室外，傳來有人說話的聲音，背帶內的貓，突地跟著躁動起來。她基於好奇，將耳附在牆上，想聽那人究竟說些什麼。可，聽了好久，什麼都沒有，有的只是她的貓，小壞心不斷拍打背帶，廝叫的聲音。

貓的聽力，向來好，常能聽見人類無法察覺的聲響。念至此，她暗自驚心，整個身子沒來由的縮成一團，將背帶下意識的摟著緊緊的。因為過度慌張，不小心把放在桌角的熱茶打翻，剎那間，濺的身上背帶，全是茶漬。

正當她忙著清理，會客室的門，居然輕輕的，開了。那個極其細微的聲音，又鑽入她的耳際。這回，她清楚的聽見，一個小女孩的聲音：「我好想妳啊，好想妳。」

然後，她脖子跟著涼涼的，猶似有誰悄悄摟過她的頸項，滑進她的懷裡，儘管只有一瞬間，那冰冷的擁抱，她確實感受到。但是，令她費解的是，她的貓小壞心這回不但沒叫，竟以某種溫暖的目光，望著她，久久不散。彷彿，她懷裡，真有什麼。

「不好意思，妳可能還要等會，曹姐臨時有事要處理。這是她買給妳的點心，會客室有雜誌，妳可以翻翻解悶。」剛剛在電梯外講電話的女人，走了進來，手上捧著蛋糕，端著咖啡，放在桌邊，隨即又走了出去。一會，門外對面房間的燈亮了，她隔著會客室的透明玻璃，望見女人正操作機器，準備錄音。

由於女人出現，意外平撫她內心的慌亂，對於方才耳際的聲音，她只當是自己神經過敏，頭疼藥吃太多的副作用。冷靜之後，便也抛到九霄雲外。開始擔心起，這次出版的小說，倘使在市場上，引不起話題，影響了銷量，會不會間接影響她和出版社的續約。

如果不是為了宣傳新書，她是斷然不會接受媒體專訪，再踏進這家電臺的，至於，為什麼如此厭惡這裡，她真的說不上來。印象中，她從未來過這兒。可當出版社主編，上周向她提及到這家電臺受訪，她卻毫不留情，當面斷然拒絕。

「曹姐在我們這行，算是老資格了，由她專訪妳，對妳的新書，絕對有百分之兩百的宣傳效益。」她仍記得主編當時是怎麼苦勸她，可別因一個莫名的念頭，壞了自己的後路。

可，讓她難以理解的是，自從答應上電臺打書，她好了多年的病，又犯了。她開始在趕稿，通宵寫書的日子，腦海中，不斷浮現奇奇怪怪的身影，好像成天有數之不盡的人，拉著她說話。這些模糊的影子，不斷盤據她，啃食她的生活。

那段難熬的歲月，永遠在腦海中出現的場景，便是這家電臺。她看見自己坐在錄音室，對著那些對她說話的無數的人，微笑傾聽。似乎，永遠也走不出那窄窄的錄音室。

喵嗚。小壞心低低的吼著。坐在會客室，喝著黑咖啡的她，念起她對電臺說不出的驚懼，仍不免感到憂心。等待的時間，一分一秒過去，午後的疲累，不覺湧上來。

她看了看錶，回頭望了望在對面錄音工作的女人，這才發現，燈不知何時滅了，女人隨著不見蹤影。整個長廊，除了這間位於廊道中央的會客室有光之外，其他的房門，全都鎖上，一片漆黑。曹姐比約定的訪談，遲了快三小時。可以想像，電臺大樓外的天空，早已華燈初上。

若不是到電臺，這會，她和她的貓小壞心，應該老早窩在沙發上休息。這樣一想，廊道上的燈，竟然一盞一盞，在她們面前，亮了開來。等她打開會客室的門，隨即被擁入廊道上的歡悅裡。

她發現自己和貓，都換上華麗的服裝，跟著廊道上的樂音，和無數模糊的身影，翩翩起舞。廊道外的電梯門，關了又開，開了又關，一回又一回，載了妝扮華美的人，湧入廊道，猶似浪花不斷拍打浮動在海上的礁石。等她累了，想回會客室，卻驚覺自己和貓早已成為他們其中，華美的影子，而一場盛大的舞會，正要在她們眼前，亮麗展開。

「唉，讓妳久等了。我是曹姐。」等她張開眼，盛大的舞會不只結束，沙發上除了她的貓小壞心，窩躺在旁，還多了個長髮披肩的美麗女子。原來，服下醫生開給她的頭疼藥，自己又不知不覺睡下了。

等她背著貓，來到曹姐的錄音室，她昏沈的腦子，總算清醒過來：「從哪談起，都可以的。不介意的話，我想放貓出來走動一下。」

「不介意。我也愛貓。」曹姐為自己戴上耳機，替她調好麥克風，按下錄音室的機器，放起節目的配樂：「妳這本書，寫了快十年，光是故事選材，場景的安排，主角的設定，和資料搜集，就耗費妳大半的時間。為何要如此費心費神呢？」

她聽了曹姐的提問，嚇了一跳，這事，她從未跟人提過，曹姐怎麼會知道？殊不知讓她更為震驚的事，還在後頭。

「這是妳的經歷吧。故事裡的那個小女孩，就是妳，對吧。」曹姐看著她，冷靜的說：「寫真實的經歷，總能吸引讀者。所以，妳才放手一博。我沒說錯吧。」

「讀小說，尤其是我寫的小說，最好不要對號入座，那會折損妳閱讀的樂趣。」縱使感到詫異，可由於某種自衛的本能，反激起她抵制的決心，想探個究竟，試出曹姐是誰？

「樂趣？除非妳對殺人，無感。寫小說，只為了讓自己脫罪。」曹姐看了她一眼，輕輕笑著，也拿起書，放在她桌前。那是本黑色封面，封面上聳立著一棟同樣墨色的大樓。大樓門前，有個穿著警衛制服的年輕男人，站在飄雪的寒夜中，正盯著前方，抽著煙，好像在等待，誰的到來。

她看了，面色頓時慘白：「我的書，封面明明不是這樣的。」

「那是怎樣？」這個叫曹姐的美麗女子，慢慢地，從桌上陸續亮出好幾本書的封套：「是貓躺在妳身上這本，還是妳背著貓，到處玩那本。或者是妳爸爸抱著妳，妳像貓一樣膩在他身上這本。」

「都不是。我的新書封面，根本沒設計出來。」她抱起臥在腳邊的貓，椅子的位置，因為驚惶，不覺往後退了兩步。心想，逮到機會，趕快逃走，卻沒料到，雙腳居然無法動彈，就像遭人釘住，哪都去不了。

「想走？沒那麼容易。我問妳的事，妳還沒說呢。」這個自稱曹姐的女人，起初美麗的臉顏，因為語出恐嚇，變得越來越可怕，恍若，額上就要長出銳利到足以傷人的牛角：「這小說，是不是真的。書裡的女孩，到底死了沒有？」

「死，或不死。任憑我決定。這是我的書，誰都別想動。」這回，說話的，不是她，而是抱在胸口的，她的貓小壞心：「妳到底是誰？」

「我是誰？我還能是誰？」曹姐話才說完，整個錄音間，連同房外的長廊，開始巨烈的搖晃，熄滅的燈，同時亮起，全數變成火，迅速燃燒開來，熊熊的火焰，不到幾分鐘，已經將錄音室，團團圍住。

醒來時，她還是在會客室，那個帶她來的女人，照舊在對面的錄音室工作，一步也沒離開，她的貓，則安靜的睡在背包裡。那個叫曹姐的女人，依然沒有出現。

這時，她的手機，猛然響了，電話那頭傳來主編的問侯：「結束了吧。還愉快嗎？」

「還沒啊。我等妳那個曹姐，快一下午了。」她打開背包，輕撫睡中的貓，無奈的說。

「曹姐，哪位曹姐啊。該不會是……」

「就是電臺那位啊？老資格的名主播。妳不是說，我的書，只要給她在電臺一訪問一宣傳，保證大賣。」

「所以我才說，妳有病，妳偏不信。曹姐，那個曹姐，是妳小說裡的人物啊。」

「不可能，妳別矇我。我明明記得妳要我去電臺找她的。不信，我要曹姐的同事跟妳說話，看是誰有病。」

她激動的拿著手機，正要回頭叫錄音室裡的女人，卻發現不只女人，不只錄音室，連同她眼中的會客室，一整棟老舊的電臺大樓，瞬間，都消逝在她眼前。原來，自己哪兒也沒去，依然坐在書房，電腦前，正馬不停蹄的為下個月要出版的小說校對改稿。

「怎麼樣？妳回話啊，想起來了吧，那個曹姐，就是我們開會討論半天，要不要乾脆刪掉的電臺主播。反正，妳也說，有她沒她，都不會影響故事情節。」

主編在電話那頭滔滔不絕，她卻在書房，放下手機，飛快地按起電腦鍵盤，蜷縮在她腳邊取暖的貓，打了幾個呵欠，又睡了下去。

書房院落外的那一片空地，在暮色中，隨著她按鍵的速度，悄悄聳立起一棟老舊的大樓，一棟火光四溢，人影穿梭的電臺大樓，恍如要穿過暗夜，來到她身旁。書桌上，醫生開的藥，仍一顆顆沈澱在白色的塑膠罐，安穩如昔。

「午夜時分，曹姐關上燈，走出她待了二十年的錄音室，正想走出電臺大樓，卻發現一切都來不及了，從一樓到五樓，到處都是火影幢幢，她是怎麼也無法走了。如果是這樣，非要這樣，所有的人，也必須同她一樣，在這兒，生生世世。」
寫到這兒，她突然笑了，覺得熾熱的火，就要從電腦延燒出來，那個叫曹姐的女人，不只在她兒時，那場電臺大樓的致命火災中，死過一次，她更要那個奪走她父親的女人，在她所寫的小說中，透過不同的讀者，一回又一回的閱讀，一次再一次受到火焰的凌遲。
沒有人會相信，那場火災的肇事者，會是那個當時，年僅七歲的自己。唯一的目擊者，就是臥在她身旁，鎮日昏睡的老貓。
（二〇一五年八月幼獅文藝與中國時報同步刊登，文化部平臺類型小說入選）

花之卷

首卷：山櫻與少年

淒冷的夜，少年穿著單薄的衣衫，手裡捧著女孩臨終前給他的禮物，一顆微小又神祕的種子。少年拿著小小的鏟子，站在遼闊的院落，慢慢鬆開冰封的土壤，將那顆閃爍著女孩晶瑩淚光的種子，輕輕掩埋，也靜靜等待著種子破土之時。
日子一天天過去，種子依然沉睡如昔，沒有重生的動靜，即便這樣，少年還是細心的澆灌，片刻不曾停息。在少年的眼中，那不只是顆種子，還是女孩留給他最後的溫柔。

每日晨起，少年離家前，總會情不自禁的來到院落，凝視著由他雙手掩埋的種子，想像著它就要從風雪中伸展出鮮嫩翠綠的枝芽，迎風搖曳生姿，那靈動的神采，一如女孩往日嬌美的身影。不知自何時起，種子已不是種子，而是少年對女孩無盡的相思，澆灌種子的也不再是甘美的泉水，而是少年惦記的淚珠。

也許是種子感應到少年的傷悲，因病亡故的女孩不捨少年的滿懷惆悵，終日沈睡於寒風苦雨中的那顆神祕又微小的種子，居然在一夕間，長成了一棵粉色動人的山櫻，來到院落觀看欣賞的訪客，莫不被它曼妙的風姿深深吸引。幾個好事者，甚至言之鑿鑿，形容山櫻的美貌，宛如妖媚女子，傳聞中的精靈。

少年雖聽說，卻不以為意，只當是鄉野奇談，茶餘飯後的閒話。少年寧可相信，那是女孩在另個遙不可及的世界，透過突然冒長繁茂的山櫻，以慰藉他孤寂的心靈，果真如此，又有何懼呢。於是少年一如往常，每天每夜不忘來到院落，晨昏呵護疼惜，對著山櫻吐露自己不為人知的祕密，猶似向著摯愛的女孩傾訴自己的相思與離愁，期盼山櫻能夜夜入夢，同他團聚，重溫舊日的旖旎時光。

奇異的是，山櫻彷彿懂得少年，不只一日比一日長得嬌美粉嫩，惹人憐愛，燦爛奪目，枝芽更伸展覆蓋住整座遼闊的院落，恍若將春神的眷戀，山林的雲影蒼翠，荒野的芬芳氣息，全都賜給了少年。

除外，少年的家業收成，更勝往昔，轉瞬所有的幸福彷彿降臨在少年的身上，如此令人驚嘆的美景，和絕佳的運勢，自然引起大家的艷羨與妒忌，不免開始竊竊私語，說是少年不聽長輩的警告，硬是要將妖孽奇花，養在住家院落，將禍害帶給大家，更把近日的天災人禍，全說成了是山櫻暗中作怪使然。為了免除災厄纏身，鎮日威嚇少年將山櫻連根鏟除，以絕後患。

珍愛山櫻的少年，對於眾人的無理索求，自是不與理會。但是又擔憂有人暗中作亂，趁他離家時，跑來院落加害山櫻。少年日夜牽掛，烏黑的髮絲，竟變得雪白，這一切的憂慮，山櫻盡收眼底，恍若也能感受到少年對它的無限憐惜。

某日深夜，有兩道黑影竄入少年的住家院落，手持銳利的斧頭，正要往山櫻的枝幹砍去，只見察覺的少年，衝出家屋，不惜以身守護山櫻，被斧頭砍殺的渾身是血，鮮紅的血花滴落在粉色的山櫻上，靜靜的飄散於夜空中，彷彿發出沉痛的悲鳴。這時，驚的顫抖不已的黑影，親眼見到山櫻突然騰空化成精靈，抱起血泊裡的少年，消失在暗夜中。

自此以後，沒有人再見過少年，少年住家院落裡的山櫻，如同它開花散葉時，也在一夕間神祕失蹤，宛如從未出現。日後聽途經此地的登山客形容，好像在森林的最深處，遇見過兩棵交纏而生的山櫻，一棵粉色嬌美，燦爛奪目，一棵則艷紅如血，射出冷冷的鋒芒。

卷二：迷路的油桐

女孩迷路了，轉了好半天，都走不出森林。正當女孩哭的淚眼汪汪時，有個身穿白衣的少年出現在女孩眼前，笑著對她說，別哭，別哭，好妹妹，只要妳對著春天的雪花許下心願，神都會幫妳實現的。

這時，女孩原本哭紅的眼睛，突地亮了起來，也黏著少年詢問，真的嗎？真的什麼心願都能實現？也包括可以幫我找到回家的路，和住在天國的哥哥見面？少年沒有回答，只是露出淺淺的梨窩，要女孩學他一樣伸出粉嫩的掌心，望著蔚藍如鏡的天空，剎時奇妙的事情，竟然發生了，一朵朵春天的雪花，竟自飄飛在森林的四周，瀰漫整座翠綠的山巒，墜落在女孩微翹的鼻尖。

驚嘆不已的女孩，只聽白衣少年邀她默默許願，誠心向上天祈求。果然，森林常見的濃霧散去之後，女孩不只找到回家的路，也在沿途的山徑上，重新見到哥哥的墳塋，猶似看見往生的哥哥坐在雪白的花瓣中，對她露出溫暖的笑容。一會，當女孩回頭想找幫助她的白衣少年，卻不見他的影蹤，耳際只幽幽傳來風中的回聲，好妹妹，別忘了，只要對著春天的雪花許下心願，再艱難，神都會幫妳實現的。

多年後，女孩長成情竇初開的少女，昔日那雙愛哭的眼睛，已蛻變為令人迷醉的瞳眸。一旦少女將深邃明亮的眼神，癡心凝望誰時，沒有哪個羞怯的少年能躲過她深情的告白，少女逐日逐漸成了山村一道不可多得的美麗風景。只是沒有人知道，在少女的心坎，掩藏著一個小小的祕密。

少女始終惦記著，多年前那個迷途的午後，在灰暗森林中無端邂逅的白衣少年。少女忘不了少年俊逸的臉顏，和他兩頰邊閃動著笑意的梨窩。那忽隱忽現的微弱光芒，總牽引著她來到昔日的夢境。在夢裡，每回少年總穿著一襲白衣，掌心放著朵雪白的花朵，在她耳邊輕輕吹氣，對她悄聲的說，好妹妹，還記得嗎？這是那年妳迷路時，開在春天的雪花，三月初綻的油桐，只要妳對著它輕聲許願，我就會聽見，再次出現在妳眼前。

因為這樣，少女在一次春天的家族狩獵中，故意脫隊，孤身再次走進灰暗的森林，不惜將自己置身於險境，也要見到白衣少年。少女恍惚明白，只要她遇劫，白衣少年必然會像過往一樣出手相救。果然，灰暗的森林再度飄起雪白的花朵，少女想起夢中少年的提醒，喃喃向空中輕聲許願，油桐啊，春天的雪花啊，請你再次讓我見到白衣少年，那個多年前救我脫險的人兒啊。

不久，白衣少年當真出現在少女溫柔的眸中，一如往昔，露出淺淺的梨窩，微笑的看著她。只是這回出落得猶如油桐花純潔雪白的少女，不再是過去淚眼汪汪的女孩，而是對他一往情深的戀人。白衣少年沒有拒絕少女，他讓少女依偎在他的身旁，也不斷以手輕撫著少女如瀑般的長髮，用油桐編成的雪白花冠，為他心愛的少女戴上，沈醉在他一手幻化的夢境。

倘若不是那把突然射進白衣少年胸口的箭，瞬間刺穿少女的夢境。或者，少女的初戀，將是她終生難忘的甜美印記，絕不會殘忍的在家族的春天狩獵行動中，發現戀人真正的祕密。少女多年來，夢裡纏綿相守的白衣少年，曾經在她兒時迷路，對她出手相救的恩人，居然是山野傳聞中，專門眩惑人心的白狐。面對慘死在她面前的少年，少女再次望著開的滿山遍野的油桐，春天的雪花，哀嚎的許願，祈求白衣少年能死而復生，也不忘回首對著她的家族，露出狐一般憤恨的目光。

末卷：黑色鬱金香

走進教室，少年正趴在角落，她見狀，故意輕咳，拍了拍桌上的灰，弄出點聲響，少年總算抬頭，睨了她一眼，哦，原來是妳。

自那回起，少年上課時，總是坐在寂靜的遠方，深深的望著她，那眼神，滿是無以言喻的柔情蜜意，每每看著她的一顆心，就要跟著少年閃爍的眸光，蹦跳出來。

聽學校同事說，少年從唸書起，除了新來的她，從未叫過任何一個授課的人老師。少年總說，他本有個極好的老師，即便沒來學校，照樣不影響他的學習。因為好奇，她開始調閱少年的成績，驚訝的察覺，少年不只品學兼優，在音樂上亦有過人的天份。

除此在課堂中，她還發現少年的嗓音，異常的動聽，宛如天籟。那溫柔的聲息，時而像輕風拂面，時而似細雨微揚，總能撩撥她的心弦，讓她陷入某種喜悅卻又無比哀傷的氛圍。久了，謎樣的少年，對她竟產生一股無可抗拒的魔力。

她驚訝的感知自己不再是老師，而是像個急欲揭開少年身世的善妒的情人，為了儘快查出少年的一切，除了她，少年口中那位極好的老師究竟是誰，她開始跟蹤他，暗地監視他，不惜成為他的鄰居，得知他總是行蹤詭秘。

窺探出少年甚至沒有任何家人，與其同住，在他那廣大而幽深的居所，入夜以後，不知為何，屢屢散發出濃郁的香氣。一旦靠近，不自覺會被吸引，而這濃烈異常的味道，卻又如此熟悉，可無論她怎麼想，就是無法憶起到底在何時何處嗅聞過。唯一能夠確定的是，這離奇的香氣，肯定掩藏著什麼過去。

後來，她更意外發現，少年的住處，每個角落，都種滿了黑色的鬱金香。每夜少年入睡前，總要對著他心之所繫的花朵吟唱，那聲音，溫柔而悲傷，彷彿是對已逝的愛人傾訴別離的愁緒，與無邊的眷戀。暗夜中，少年的聲音，婉轉動聽的猶如春天的黃鸝鳥。而這一幕幕令她心蕩神馳的景象，恍若是前世難以割捨的記憶。

這天深夜，她如常在放學後，又悄悄追隨少年的足跡，來到他的住處。只見少年將居所的窗子全數打開，在明媚的月光下，將一朵朵盛開的黑色鬱金香，置放其間，並伸出手把藏在門外的她，輕輕領進來，也緊擁著她，翩翩起舞。

就像百年前那個春日的夜晚，初次相遇般，風輕輕拂動，她的瀏海飛揚，那朵浮印在她額頭的黑色鬱金香，便從她體內，兀自散發出迷人的幽香，一如早已盤據她心頭的少年，正揮動想像的翅膀，輕聲嗚唱，為她響遍整個明亮的星空。

（明道文藝，二〇一七年三月）

陋巷裡的春天

醫院外，穿著暴露裙裝的老男人站在陋巷，低頭抽著菸，似乎在等待什麼。不久，有個女學生停下來，從背包裡抱出一隻銀灰色的貓，也跟老男人攀談起來。路過的行人，包括我在內，都讓這奇異的場景，偷偷吸引。因為怕被發現，頭一回，我只敢回頭悄悄望著，在穿越馬路的剎那，期待聽見或看見令我更加震驚的事件發生。

但是，沒有。老男人只是從女學生的手裡，抱起那隻長相可愛的毛茸茸的幼貓，用那飽經風霜摧殘的發皺的嘴角，輕柔地依偎在貓咪嬌嫩的臉顏。然後，不知怎地，淚水就伴隨著街道不斷飄落的雨絲，滑了下來。女學生看見，輕拍老男人的肩膀，彷彿在安慰。

從此以後，一旦經過那家醫院，我總禁不住望向陋巷，期待遇見些什麼，也許是那個有變裝癖的老男人，那個稚氣未脫的女學生，還有那隻從女學生背包猛然竄出來的，有雙烏溜溜眼睛，慰藉老男人的銀灰色小貓。

或許是我的期待，起了微妙的感應。幾天後，果然又在黃昏行人匆忙的陋巷，撞見穿著女裝的老男人。這回，老男人戴了頂披肩的長髮，迎風飄揚，手上拎著價值不菲的名牌包，若不仔細瞧，還真以為他是年過半百，風韻猶存的貴婦。由於好奇，我藏進鄰近的超商，買了杯咖啡，好整以暇的等待。但是，半小時過後，除了老男人依然站在陋巷，賣弄風情，抽著菸，吸引眾人奇異的目光。甚麼也沒有發生。

就在我快要放棄，離開超商時，女學生又出現了，依然背著貓，跟老男人有說有笑，不僅讓貓咪再度窩進老男人的懷裡，還從背包內取出一份溫熱的便當，給老男人享用。經過陋巷時，我聽見女學生溫柔的說，爺爺，慢點吃，別噎著了。我會等你的。

可能是太過震驚，經過他們身旁的我，還險些因天雨路滑踩空。就這樣，幾回在有心的巧遇與無心的聆聽下，總算對女學生與老男人的聯結，有了全新的體悟。原來，老男人是女學生的鄰居，就住在醫院附近的陋巷內。早年老男人去外島服役，因長相清秀，聲音柔細神似女子，被同僚盯上，有回，趁外出受訓，將他惡意強暴，害他退伍後，即便多次住院治療，依然無法平撫內心的創痛，自此，非但無法過正常人的生活，也因來自心靈與肉體的雙重創傷，令家族蒙羞，成為揮之不去的陰影，迫使家族，逐日與他漸行漸遠，終於，形同陌路。

聽說，在漫長的歲月，被家人離棄的老男人，為了活下去，做過無數幽暗底層的工作。即便過得如此慘烈，當老男人十多年前發現，被人遺棄在陋巷，哭聲震天的女嬰，依舊毫不遲疑地將她擁入懷中，帶回家照顧，直到女嬰的母親良知發現，在他的幫助下，也在陋巷落地生根，成了他的鄰居，年深月久，更和女孩連同那隻遭人棄置在陋巷的銀灰色小貓，成為老男人在這世上，獨一無二的家人。也許，在世俗異樣的目光中，老男人依然是那個站在醫院陋巷，抽著菸，不知等待什麼的變裝癖，是個性倒錯的邊緣人，但是，在那良知未泯的母親，在那稚氣未脫的女學生，甚至是那隻銀灰色幼貓的內心深處，老男人卻是他們生命寒冬裡，最溫暖的春天。

（聯合報）

天才與白癡

每天放學後文仔如常把書包摔在廚房，喝了口水，氣喘噓噓跟躺在床上病的奄奄一息的祖父吼了聲：我要去學校打球囉，便一溜煙的消失不見。總是這樣，又要等到肚子餓到發疼了才可以遇見他的人影。

文仔的弟弟小喜更是如此，寧可冒著山區午後被雷公電擊的危險，也要在狂風驟雨間投出一記響亮的好球，期盼自己未來能像王建民那樣靠球技火速成名隨即揚威國際。到時候，看誰還敢笑他們兄弟不識字，成天罵他們是超級智障加白癡三級，看誰敢啊！

文仔咬牙心想，到時候即連校長、老師都會迫不及待跑到他家登門拜訪，笑嘻嘻的搶著要跟他們合影留念也衝來他家門口掛起象徵榮耀的紅布條應景。反正啊，總有那麼一天，他文仔同小喜肯定要讓大家都知道厲害啦。你他媽的，知道什麼才是真正的英雄。

可還沒功成名就之前，在無數老師、同學的眼底，文仔和弟弟小喜的識字程度，就真的跟文盲、白癡沒兩樣。據他們前後任傷透腦筋的導師搖頭抱憾的說，從小一唸注音符號開始一路到小六的學校作文練習，他們哥倆連基本的發聲背誦、簡單的敘述能力都有問題，自然更別提要他們在課堂上應付考試，寫出通篇流暢的文章。

於是年復一年，師長面對他們無計可施的學習窘境，只能逼自己裝聾做啞，照常讓文仔兄弟繼續升學，繼續猛打棒球也繼續快樂的做夢下去。從最初入學到如今眼看著就快要畢業，他們唸課文一樣不太會用二十六個注音符號拼音，一樣看不怎麼懂本校、外校出的各科考卷，一樣喜歡在寫作時厚著臉皮央求老師塗鴉交差，或者乾脆翹課溜到廁所去聽王建民越洋棒球賽轉播。

反正，反正，文仔聽講話結結巴巴的小喜說，反正他們也沒人要管。只要他們倆保證上課不吵、不鬧、不故意找麻煩，一切都皆大歡喜，包括他們學期末的考試成績，以及主任保證再三會領到的畢業證書。反正，反正啊，在山上小學畢業最好，非但學生少，獎項又多到像他們這樣的白癡都有禮金可拿。

直到那個頭髮聲稱遭雷打到的阿南老師來教書之前，學校一切似乎都沒有太大的改變。

我記得那天我趁午休比較安靜閃到圖書館批改作業，發現竟有人不睡午覺比我還早到這兒偷閒，令我訝異的是那人居然還捧著文仔、小喜他們破的不能再破的國語課本在角落那邊翻來覆去，認真閱讀的神情好比在研究什麼偉大的武林秘笈。

自從那天起，只要我中午溜到圖書館，總會遇上這個滿臉絡腮鬍的阿南老師跳進館內彷如蠹蟲般啃蝕書本，薄由從來在校乏人問津的文學雜誌、教育手冊厚到像磚塊般重的國語日報社出的最新辭典、字典和百科全書也不勝枚舉。

日後我並察覺阿南老師動不動就愛抱著一大疊字音、字形講義和試卷，來回奔竄於影印室與課堂之間，不斷在早自習給學生講語詞、出題目、留作業，叫大家背名言、佳句背的死去活來。我時而偷瞄他低頭調閱、探查學生的學習檔案，時而看他在私人的手提電腦上編寫全新的教學筆記，絲毫沒有片刻喘息。

更誇張的是，有好一陣子，我還聽說他每天放學只要歹到機會便幫同學溫習功課。等到暮色西沉，又忙著開他那輛綠色三菱休旅爛車奔馳於山野、林道間，護送他住居偏遠的學生平安返家也從不缺席。那麼在我們這些循規蹈矩、按時上下班的學校同事心底，阿南老師舉凡事必恭親的教學態度，顯得多麼特立獨行甚至可以說是有點挑釁。後來聽校長提起才曉得這個杏壇怪胎阿南，原來是新接文仔班上的級任導師。

這天中午我如常到圖書館批改作業，誰知道才進門就撞上文仔那對白癡兄弟正襟危坐出現眼前，只見他們羞怯、緊張的忙著比手劃腳一個注音符號又一個注音符號的唸個不停，桌面擺滿一張接一張不知是誰找來的寫滿語詞、字義的注音圖片，我看見他們摸著頭百思不解卻又心甘情願的吐出一聲再一聲模糊難辨的音節，天啊，那時候，我簡直不敢相信自己的眼睛。

等我定過神來，阿南老師竟然就坐在身邊，我聽到他從最基本的注音符號開始教起，一句句很有耐心的教文仔跟小喜如何注意唇齒之間的咬文、嚼字，又怎麼在他們覺得驚慌、失去信心時也不忘適時的鼓勵他們用力張開嘴巴勇敢唸出正確的發音。唉啊，那種教法，就算是杏壇老鳥都要感到吃驚，覺得幹嘛平白浪費寶貴時間在這兩個廢物身上。

一天、兩天過去，然後是整整一個學期，阿南老師依然不辭辛勞的每天犧牲午休，領著文仔、小喜兄弟持續在圖書館默默的練習注音、發聲下去。學校沒有誰有興趣關心他們進步的情形，大家只是躲在角落竊竊私語，等著看這個雞婆老師同他的笨蛋學生遲早出糗。

等到畢業典禮開始，即連我都是抱持著同樣幸災樂禍的心情。可是沒有，就是沒有，當天不只沒有我們期待中的爆笑場面，我更窺見文仔哥倆悄悄走到阿南老師跟前，當眾言詞懇切且發音準確的望著全校詫異的表情，聽見他們頭一次淚流滿面又情緒激動的喊出，老師，謝謝您從來沒有放棄過我們，讓我們知道只要肯努力，雖然不見得會是天才，但是至少我們不會變成白癡。

（第二屆懷恩文學獎優選）

死了一個老婆之後

愛妻喪禮之後，表哥瓦旦並沒有大家預期的痛澈心肺，眉宇之間反倒透露著某種喜悅的神色，好像他的人生，又洋溢起春天的氣息。他先是對組合屋他家那面刮痕處處的殘鏡換上新裝，緊接著又斥資溜到部落僅存的理容院染髮剃鬍。兩個小時晃眼過去，瓦旦那張四十好幾黑斑滿佈的老臉，硬是被神奇的擺弄成二十郎噹的稚嫩模樣。部落中狗腿的見了，都說他返老還童，簡直是青春永駐。

於是喪禮結束沒幾天，就有人耳語他在表嫂車禍過逝之前，老早另結新歡；儘管謠言傳的甚囂塵上，深夜卻不見表哥臥房裡有絲毫的歡愉傳出。他依舊每天午后孤身舉竿叨煙，跑到部落附近的溪谷釣魚解悶，放著他雅雅（泰雅語：母親）果園熟透的甜柿發臭腐爛也不管。

所以嚴格說來，自從妻子猝死，表哥瓦旦除了外貌出奇年輕，生活習性方面並未有太大改變，他一樣失業在家，成天遊手好閒。只不過，飲酒宴客的次數越顯頻繁，出手也比以前大方乾脆，不像以往總是賒帳渡日。只是部落親友也都知道瓦旦一向懶惰又不打工，如今突然變的闊綽起來，難道真的給他中了樂透頭彩不成？否則哪來這麼多錢揮霍。

正當我們爭相狐疑起瓦旦金錢的來歷，他竟又悄悄添購全新的紅色三菱跑車代步，盛情邀約組合屋的親友到他家慶祝作樂。幾杯維士比下肚，表哥瓦旦更是興奮的宣佈他即將喬遷的喜訊。大伙微醺之餘，瞪著廳堂表嫂的遺照，莫不感到錯愕。

終於堂弟馬賴耐不住心間的疑慮，趁著幾分酒意玩笑探詢：「喂！瓦旦，怎麼依娃一死，你就發了?!」

瓦旦聽見先是發愣，後又像隻醉貓瞄了馬賴一眼，堅稱那是祕密，哪是隨便可以講的。總之，他就是要蓋房子脫離災民的行列，等新家落成再請大家喝個痛快，至於其他，知道那麼多幹嘛！話才說完，他便逕自大笑吆喝我們儘量喝酒吃菜，不醉不歸。

返家途中，組合屋幾個眼紅瓦旦有錢的傢伙，自然也包括那位好奇的堂弟馬賴在內，紛紛議論起表嫂依娃的死因絕不單純，他們一致認為那場意外車禍，必定與瓦旦突然變成財神有所牽連。為了追查事情真相，馬賴夥同幾個不爽瓦旦的表兄弟，開始暗地監視起瓦旦的行蹤，發誓一定要找出他的罪證不可，好安慰表嫂依娃在天之靈。

隔日天還沒亮，僅見馬賴拖著睡眼惺忪的拓跋斯，早早埋伏在瓦旦家門附近，他們躲在組合屋後棟的遮雨棚內，忍著被無數蚊蠅圍攻的奇癢豎起耳朵監聽窗內的動靜。一兩個小時轉瞬飛逝，他們只聽見屋裡不斷傳來瓦旦如雷的鼾聲，混雜著鄰居夫妻吵架的吼叫，與他雅雅清晨開搬運車時路過的嘎啦巨響。爾後便是小孩起床梳洗出發上學紛亂的腳步聲了。直到太陽快曬乾瓦旦肥嫩多汁的屁股，他們總算由窗口睨見他起身整裝，提著魚竿準備到部落大安溪旁垂釣的背影。

整個下午，馬賴跟拓跋斯帶著老婆打工買來的飯包，就掩身於滾熱發燙的岩縫間窺探，他們雙眸緊盯著瓦旦不放，想他跑到溪旁釣魚不過是個幌子，真正目的是要掩人耳目以便殺妻之後好詐領她的亡故保險金，如果表嫂依娃生前有比辣（泰雅語：錢）保意外險的話。可是苦候半天，卻未見任何臆測的理賠員出現，臨近黃昏迴盪山谷的仍只有瓦旦講色情電話不斷發出的喘息聲，聽的他們褲底也莫名奇妙的鼓燥濕熱起來。

這樣連續幾個禮拜，每天午后瓦旦都如常到溪邊釣魚、晚上溜進部落鐵皮屋搭成的卡啦ｏｋ店飲酒高歌，偶爾吃吃檳榔妹美娜的豆腐，膩著寡婦老闆娘依蘭兩顆大奶子調情說笑，累著跟監他的馬賴、拓跋斯鎮日追著他四處亂竄，非但丟掉工作，家庭還險些斷炊失和。

我看算了啦！馬賴，再跟下去也查不出什麼結果。我們乾脆報警好了。這天，拓跋斯嚼著榔檳神情十分沮喪。他想，或者瓦旦老早看穿他們的把戲，他和馬賴再追下去也不是辦法。

不。再等等，我相信他的狐狸尾巴就快露出來了。馬賴喝了一杯維士比自信滿滿的表示，瓦旦只是故弄玄虛，想叫他們知難而退，倘若他們此刻放棄，正好中了他的詭計，表嫂依娃如果地下有知，也會死不瞑目的。儘管馬賴想盡法子企圖說服拓跋斯同自己繼續追查瓦旦的罪行，拓跋斯依然決定回果園套袋，賺錢填飽肚皮要緊。因為活著永遠比死亡真實，畢竟，死人又不需要吃東西。

死人確實啥也不是。瓦旦搬入新屋那天，將愛妻依娃的照片趕緊收進箱子，再也沒有擺出來的意思。客廳裡原來放遺照的位置，已經讓裸女月曆取代。整間房子完全看不出有半點女主人的味道。有雅大（泰雅語：女性長輩尊稱）看了不禁指責瓦旦的薄情寡義，也不想想妻子是為了養他，才會出外打工車禍身亡，沒想到如今連個牌位也不供奉。真是沒良心啊！

但是狼心狗肺的瓦旦，並沒有為了大家的冷眼指責，過的懺悔贖罪的日子。反而日日享樂買醉，開著那輛簇新的紅色三菱跑車，整天在部落裡呼嘯來去，玩的不亦樂乎。氣的跟監他的馬賴，差點口吐白沫，逢人便罵，他媽的人渣，謀財害命，我看你瓦旦還能得意到什麼時候，總有一天會有報應的，不信看看。

可日子一天天過去，瓦旦非但生活的越來越好，更在部落某些趨炎附勢的推舉之下選上村長，準備造福起鄰里。甚至在慶功宴當日，還特別指定賦閒在家半年的堂弟馬賴，做他辦公室的幹事，算是為振興部落經濟，拓展就業機會跨出第一步。

馬賴心中雖有委屈，卻不得不對現實低頭，擔任表哥瓦旦的保鑣兼隨從。久而久之，在金錢物欲的利誘下，馬賴也逐漸放棄當初的堅持。心想，算算日子嫂嫂依娃也快過逝一年，如果真是枉死，早該對他托夢申冤。他想他有可能是錯怪慈善的村長表哥瓦旦了。

事後，據聞某日由於瓦旦村長的跑車半路拋錨，身旁又無隨從馬賴在旁。他只得邊打手機邊沿路攔車趕到公所開會，誰知過馬路一不留神，竟讓輛過街的野狼機車撞個皮開肉綻四腳朝天。等馬賴、拓跋斯、依蘭等親友奔赴醫院，只聽他奄奄一息喃喃自語的抱怨，幹，撞我的人比拓跋斯他家還窮，要是個有錢人那該多好，像壓死依娃的那個少年仔，賠上個幾百萬，那多撞我幾次也甘願。

（聯合報）

放縱節

擺脫憤怒的日子

今天上作文課，學生紛紛向我抱怨，之前好幾個嚴格的老師，上課不僅要他們專心聽講，連坐姿都要抬頭挺胸，若有誰敢靠著聽趴著聽甚至睡著聽，就等著被「竹筍炒肉絲」。我聽到嚇了一大跳，難以想像在這課業壓力繁重的日子裡，還有誰忍心要求孩子們像古人那樣「懸樑刺骨」外加正襟危坐的讀書。

就像剛剛我接到上司的電話，說有學生家長嫌我裙子穿的太短，敗壞作文班幾十年來的優良門風，情商其實是勒令我即刻換上長褲，以正效尤。天啊，這都什麼時代了，恍若有人要求我教書立上貞節牌坊，守身如玉一輩子。到底要到何年何月何日我跟我那群被升學壓力壓的喘不過氣來的學生，才可以在這個充滿窺視目光和道德禮教規矩束縛，內心充滿憤怒的日子裡，縱情奔放，活出自我。

於是我們都異常渴望，能不能有一天，可以穿上性感的比基尼泳裝，大剌剌的穿著露出鮮紅指甲的夾腳拖去上學上課，或者帶著自己心愛的寵物，遊戲軟體，和五花八門的零食飲料，也沒人管我們什麼時候，要吃要用要玩要換，只要我們如期繳交漂亮出色的成績單，就能法外開恩的放我們一馬。

除了殺人放火搶劫以外

在這一天，除了殺人放火搶劫以外，全世界甚至全宇宙，凡是能呼吸的人和動植物（自然也包括外星生物）都可以隨心所欲，想摘天上的月亮，就摘天上的月亮，想講長官師長主人的壞話，就毫無顧忌的站在他們面前，高聲斥責，盡情發洩，也沒人叫你滾蛋走路，滾出家門，回去吃自己，到外面當遊民當流浪動物。

所有的禮教、束縛、規矩，在屬於我們的節日裡，蕩然無存。在臉書在微博在你想的到的任何媒體，我們都可以縱情高談闊論，完全不必負責，不必擔心有誰對你人肉搜索，身份曝光，吃上官司。

是的，在這一天，我們全都能自由自在的四處旅行玩樂，無憂無慮的放縱做自己，無論你是成天忙著煮飯燒菜幫老公兒女撿臭襪子收報紙的灰頭土臉的家庭主婦，還是二十四小時讓民意調查掐著脖子快要窒息的愁容滿面的總統，甚至是分分秒秒搖尾乞憐的寵物，上從高官名流，下到市井小民、居家貓犬，都能像飛翔在天空盡情展翅飛翔的小鳥，高興闖進森林享受芬多精的洗禮，就來到翠綠的草原，呼吸大地的芬芳，開心飛到蔚藍海洋的，就在那兒放縱自己任著洶湧而來的浪花拍打你歡悅的臉龐。

彷彿擁有魔棒

在屬於我們的放縱節，到任何地方旅遊，無論再遠再貴再危險，來回全程全天候，不但免費，更有無限供應的餐點，高大英俊和窈窕美麗的保安人員隨行，無時無刻守護我們的安危。至於未成年的孩子，則完全擺脫父母的監視控管，師長的疾言厲色，課業的陰影籠罩，在全球各地的遊樂園、運動中心以至於超大型廣場，都能看到他們盡情奔跑玩樂的身影，猶如脫韁的野馬，找到他們心中的夢想王國。

同樣的，平時滿腦子想著取悅主人，換來安穩生活的寵物們，也能在這個節日，放心大膽的在街頭巷尾，優雅的散步談心，完全不用擔心突然會不會有人拿著繩子提著寵物袋出來追趕，或是從角落閃出一輛車子把牠們壓的血肉模糊。

不管是人類，還是平時被限制行動的寵物，在周遭隨處可見的小花小草，只要一到放縱節，全都能獲得前所未有的自由。百年榕樹也可以離地走路，跑到廣場，參加學運，呼吸民主的氣息。種子並能選擇風向，不再隨波逐流，落地生根。清純的百合更敢挑戰豔麗的牡丹，競選花中之王。

啊，在屬於天地萬物的放縱節日裡，不管是人還是動植物，全擁有無所不能的自由，彷彿大伙的手上，都有一隻魔棒，輕輕一揮，就能把討人厭的假道學，鬼規矩，全數一掃而空，獲得由裡而外，靈魂上的救贖。

（聯合報，二〇一四、一二、二七）

疤

她將童詩，放在父親書房，便掩門離去。那天傍晚，她的桌子就多了張小小的字條，裡頭寫著：「妳的詩，極好，繼續努力。父字。」

單單因為這樣，整個暑假，她都埋首在創作中，樂此不疲。那年她才唸小學，最喜歡上的課，是作文。因為父親。

升上國中，她如願闖進「資優班」，無時無刻想著要如何「出類拔萃」，成為父親眼中奪目的光芒。但事與願違，除卻寫作，她的課業隨著年齡增長，一落千丈。她不禁憂懼未來，會失去父親的愛與注視。

於是她染上惡習，不斷虛報成績，讓父親深信女兒品學兼優，才華洋溢，恍如他的化身。那美麗的謊言，越來越推陳出新，可父親的笑容，竟越來越顯悲涼。不知從何時起，她的書桌，再也沒有見過父親蒼勁的字跡。

後來發現，父親似乎同她，漸形漸遠。儘管父親一如過往，關心她的生活起居，留意她的課業，甚至連家長會也每開必到，她還是覺察他們之間，極其細微的距離，彷彿隔了一道牆。

日子久了，她變得不再同父親任性撒嬌，貪戀的退縮進封閉的世界，佯裝一切如昔，她從來沒有說謊，沒有傷過父親的心。她只是長大，父親只是忙於事業，無暇他顧，他們都沒有錯。錯的是，時間。

成長終究是幻滅的開始。她到底是庸才，永遠不可能是父親，與生俱來的榮耀。等她學校畢業，逐漸活躍於雜誌界，拼了命的想在創作領域裡，頭角崢嶸，這個念頭，依舊堅如磐石。事過多年，有幾回，她鼓足勇氣，想對父親坦言當年所犯的過錯，每每，卻又裹足不前，無法面對父親慈愛的眼睛，內心的譴責，她深知，她背叛的不只是自己，更喪失了父親對她的厚望同信任，她害怕他們都無法承受另一次的傷痛。那是一個「疤」，她和父親的，死結。

那麼，儘管她的創作，曾為她帶來一絲光茫，仍然無法抹卻她心底的遺憾。她對父親，如常停留在初初寫詩那年，溫暖的想念，那張小小的紙條，恆永的祝福。完全忘懷眼前的父親，早已兩鬢飛霜，對她，永遠肩負著，愛的負擔。

直至她遠嫁異鄉，也為人母，遇上同樣的困頓，她才領略父親當年的處境，瞭解他在傷痛之餘，疼惜的心情。今夜，父親意外來電，問她可好。她笑著說，好，丈夫小孩好，公婆好，一切都好。她要父親不必操心。而父親，頓了會，方說：「我昨晚做了個夢，所以打來了。不過，只要妳好，我就好了。」

瞬間，電話這頭的她，竟淚如雨下。這時，她總算明白，父親對她的愛與包容，從未改變。確是深如大海。

（人間福報，二〇一六、七、二二）

想起母親

從母親喪禮回來，我無端想起母親年前意外留住我，小聲附耳說，有事要交待。那天，因為難得有空陪母親說話，也就耐著性子邊喝咖啡邊探窗微笑，看著街道上不斷穿梭來去的人群，想母親如果尚未出家剃度為尼，現在頂上又會是什麼樣的風景？

閒談中，母親總愛追憶我訴說不盡的童年，說我上學前必然要她紮辮子才走，說我從小喜歡撒嬌又愛面子，沒事就愛賴在父親身邊轉來轉去像個小蜜蜂，等我長大了些，課業又常常叫她提心吊膽，說我任性頑固，不像妹妹那麼成熟懂事，直到結婚，都還要叫她嚇出渾身冷汗，以為我腦子出了問題，才會嫁到山凹裡去，說著、念著，母親禁不住又笑著，唉，妳這孩子，從小就叫人擔心，真是麻煩。

結婚初期，由於夫家風俗民情盡皆與娘家迥異，我因一時無法適應，驚慌、排斥之餘，更莫名陷入前所未有的思鄉愁緒。這份無端的恐懼，讓我屢屢不分晝夜的掛電話給母親。我記得，母親每每在夜半梵音祝禱間，溫柔傾聽我翻騰似海、跌宕不安的心情。儘管當時母親身體早已出現不同徵兆的癌症警訊。可為了不讓抑鬱、苦悶的我過於牽掛，母親恆常對我隱瞞她的病情。恍若她這俗世疼痛，不過是如來佛祖對她的考驗。

那天喝完咖啡，與母親揮別，看見母親身披袈裟，頭戴素色呢帽，絲毫不見瘦骨嶙峋的病容。如今回想起母親疾疾走在冷寂的街道，那清朗神色，便宛如一盞明燈，照亮我人生的旅程。

（中華日報，二〇一七、六、五）

回頭

月光穿過了森林，霧濛濛地看不見來時的路，整個山村剛剛因為暴雨無預警的停電，傾刻陷入一片混沌。我看著丈夫從書房灰塵遍佈的抽屜裡取出您用了半截的蠟燭，咻的一聲點燃，滿室就又恢復昔日的光采。不知怎地，我便突然想起您每每喝醉，酩酊之間跟我講過的故事。

那多半是一如此刻雷雨之後停電的夜晚，我還記得您襯著忽明、忽滅的燭火混雜著嘴裡濃稠的酒氣，比手劃腳的用種極其驚懼的音調，附耳向我說，伊娜（泰雅語：媳婦），要記住，太陽下山以後最好不要經過路口的公墓，特別是一個人的時候，有誰在背後叫妳，千萬記住，都不能回頭。

因為您說，只要回頭，連魂都沒了。說完還不忘瞪大眼珠子，伸長舌頭裝出鬼怪的表情，嚇唬我。您總是這樣的，從我自繁華的北城遠嫁到這處純樸的山村開始，您就不惜千方百計的用盡各色有趣的、可怖的甚至是警世的鄉野傳奇，讓我在聽您說故事之餘亦能試著淡忘自己離鄉、拋親的苦楚，繼而逐日、逐漸愛上您果香遍野的美麗家園。

提起您種的水果，特別是日本品種的甜柿，那肥大、碩美的果實，村子裡可說是無人能及。多少異鄉客擠破頭想向您討教種植的秘訣，買下您結實纍纍的黃金果園，您都不為所動。

您只是露出慣有的靦腆微笑，羞赧的謙稱那不過是鄉下地方的土方法，只要泥土夠肥、人夠勤快除草、套袋，誰都可以種的比您還好。傾囊相授後，又戴著您的斗笠、扛著您用的都快要生鏽的鋤頭，一躍便也上了那臺整整追隨您三十年風雨無阻的搬運車，經常是天都還沒亮呢，轟轟、隆隆地再度駛向您那一片青翠的園林。

在您心間，彷彿唯有受到汗水滋潤的土地，才有豐沛的奶汁，足以餵養您龐大的家族，讓您的三子一女得到成長的養份，不致流離失所。那時、那年，無論日子多麼清貧、辛苦，您總希望子女可以緊緊相依，互相照顧扶持，共同在「家」生活。彷彿「家」，才是支撐您生活著的力量。

我曾聽Yaya（泰雅語：婆婆）幾度心疼的追憶起您異常坎坷的童年，她哀嘆的說，您是孤兒，祖父母在您六、七歲還是極需雙親疼愛的時刻就撒手人寰，又因姐姐出嫁，無可仰賴，迫使您不得不住在叔叔家過著寄居的生活。由於不是自己的家，小從灑掃庭院大到去田裡幹粗活您全部一手包辦，如此勤奮、賣勁，為的不過是掙一口飯吃，好讓自己能夠生存。

對您來說，活著，為自己和家人勇敢的活下去，比什麼都重要。然而早年山村的歲月卻是外人無法想像的艱辛。別說是種果子了，就連做苦力都有人爭著去。又因家無恆產，退役回到部落，為了養家活口，從未捨棄山林的您只得暫時離家謀生。

於是輾轉在異鄉夜半揉麵、沿街叫賣山東大饅頭，日日養豬、宰豬到滿手腥臊的跑進市場兜售豬肉，以致於風吹日曬的四處造橋、鋪路到您最拿手的爬樹砍樹開墾山林，直到好不容易存了點錢租下林班地，實現您在鄉種果樹的心願，終於能夠勉強維持一家人的生活。我數不清那段困頓的日子裡，您究竟受過多少常人無法承擔的委屈。

回想過去，只見您瞇著眼睛，抽著煙望向遠山，沉默不語，彷彿那一切的苦，早早隨著窗外的雲霧散去。難怪丈夫說您天生不與人結怨，就算是吃虧也甘之如飴。喝醉了又喜歡講笑話，笑話連後山的潑猴聽了都會失去防備地笑的滾下來，所以說全村沒有誰比你還懂得取悅大家。可是這樣的您，卻鮮少對孩子甜言蜜語，僅以行動來證明對妻兒的愛。

您總是對旁人好，尤其是自己的伊娜，舉凡有什麼可口的美食，餐飲之間都不忘叫晚輩盡情享用，外出赴宴甚至捨不得吃，塑膠袋大包、小包的拎著山珍海味就急忙往家裡跑，趕的給我們這群懶蟲兒孫祭五臟廟。您老怕我們食不好、吃不飽。

有時興致一來，還會專程開著搬運車跑到離村十三里外的客家小鎮，為我們買麵粉、做您嚼勁一流的山東大饅頭解饞，或者趁著農暇之餘，捧著一小盒剛挖出來活碰亂跳的蚯蚓，頂個大太陽一口氣衝到大安溪畔為我們捕魚、捉蝦，只為您的兒孫喜歡吃美味的海鮮，要您上山、下海您都在所不惜。

我還記得剛嫁到山上那年，最怕您出外打獵到森林放陷阱，數日之後又要帶回什麼可怕的飛禽、走獸與我分享、品嚐，叫從小酷愛動物的我萬分為難。

您必然忘了，有回您童心大起，還把整顆猴腦塞進冰箱裡，渾然不知的我，一打開冷藏櫃，險些嚇破膽，以為這平靜的山村，發生了什麼恐怖的分屍命案。您老是這樣有意、無意的挑戰我的膽量，不是趁我不留神，在廚房拿出菜刀剖開飛鼠頭要我欣賞，就是拎著山羌腿邀我玩拔河遊戲，使我煩悶的山村歲月無形間增添了無比冒險、犯難的樂趣。

這麼可愛又恐怖的您，讓我飛快的適應了山村的生活節奏，彷彿您開的是靈丹、妙藥遠比娘家的撫慰都對我來的有效。不過再世華佗的您，對醇酒的誘惑可絲毫法子也沒有。工作累了，只要來上一杯米酒加保力達B，就會快樂似神仙，忘記半生的勞碌、孤苦，同時跟著遺忘自己三十年來不斷進出醫院與胃潰瘍、肝臟疾病搏鬥的提心吊膽。

Yaya吐露，六歲就遭祖父灌酒強迫成為泰雅勇士的您，實在很難抗拒酒精的迷惑。她說，那是酒癮，一旦發作就會逼的您痛苦萬分，神形俱焚，彷彿變成另外一個人。平日愛妻、惜子的您，瞬間竟成了性情易怒的暴君，早年稍不如意便丟碗摔盆、翻桌擊椅，半夜更動不動就把熟睡的小孩挖醒訓話、罰站直至天明。

因此妻兒對您的感情，這些年來，無疑是愛恨交織。就連您侍親至孝的長子，我的丈夫，對於糾纏您一生的酒癮，老早舉旗投降。他搖頭的說，他只能任著您，看老天的造化，您何時才能覺醒。為了顧及您的健康，我遂發願跟監您，偷偷把您從雜貨店買來的米酒頭，改裝成白開水，或者乾脆把害人的保力達B，丟到屋外的山谷底下去，來個毀屍滅跡。幾回，瞧您酒醒，翻箱倒櫃地找您的甘泉美液，我躲在牆角偷窺，禁不住笑出聲來。

面對您纏榻多時如影隨形的病痛，您從不信任現代醫療，卻向兒孫堅稱飛鼠的醃腸可以使您的病不藥而癒。非但自己猛啖，還要骨瘦如柴的伊娜一併享用。喝到微醺的您，最喜歡盯著我，捏著鼻頭痛苦的把散發中藥味的醃飛鼠腸生吞活剝，好像透過這小小的共享儀式，我便正式收編成您酒國的子民。

儘管我怕極了您醉後的胡言亂語，卻不得不承認那時的您，最充滿魅力。您滿腦子的古怪傳說，泰半在這個時刻，會從嘴巴裡復活，吸引我們這群愛耍心眼的兒孫，爭著圍在您身旁聆聽，竊記起來，好做為日後創作的題材。好像您天生下來，就是一部神奇、活現的小說，誰也別想複製、盜版。

您寵溺伊娜的程度，有時連親生兒女都要吃醋。比方我寵狗，前庭、後院混血狼犬皮皮、純種土狗小貝、哈士奇犬球妹和整天橫行書房的波斯貓可可、金吉拉奈奈，整個家都快要被我搞的像動物收容所，若是換成旁人，老早氣的臉色鐵青，把我連狗帶貓轟出家門，又哪會像您那樣認真、慈愛的允諾我，等您有空再幫牠們釘個狗屋、貓床的，讓這些小傢伙都有個溫暖的窩，安身立命。

因為您說，住進屋裡，就是一家子，哪有人與動物之分，何況那是您伊娜的心肝寶貝，自然更要疼惜。您太寵我，寵的我不知天高地厚，就愛出頭惹事。若有人敢欺負我，但見您臉紅脖子粗的，替我討回公道。

可誰都料想不到，如此善獵、勇猛的您，其實比誰都還要怕鬼，晚上若是獨自在家，大廳、臥房必然燈火通明，恍如白晝。又您早年闖蕩大江南北，背地裡卻是道地的路癡。難怪，Yaya笑的調侃，您出門，若少了她牽引，必然六神無主。所以您不管外出訪友、看病，老要拖著Yaya隨行，以免意外流落街頭。

您對Yaya的依賴與愛，據聞從癡狂年少便可窺探出來。那年，為了擄獲佳人芳心，您不惜違約悔婚。在那樣保守封閉的年代，在眾目交相指責下，成為當時村子裡自由戀愛的代表。您種種石破天驚的舉動，除了讓您娶得賢妻美眷外，更讓您從八二三砲戰的槍林彈雨下，平安歸來，多年之後與我結緣，成為我的忘年之交。

我想起住院以前，某日清晨您突然腹腫如桶，您彎腰、駝背的靠坐客廳的涼椅上虛弱的對我說，伊娜，我好累，我覺得自己這回好像真的要走。當時我聽了不以為意，老認定您是禁不住病痛纏身，才會講喪氣話來唬我。不是嗎？您不是說可口的飛鼠醃腸、山羌肉、野豬腿可以比醫生開給您的藥來的有效的百倍。一旦吃了，便能延年易壽、百毒不侵。那麼又哪能讓這小小的疾病拖著您走。

您鐵定和過去一樣是唬我的吧！此刻我望著躺在客廳冷凍櫃裡全身冰寒的您，我看著窗外一群又一群接連不斷湧入的親友，看著他們嚴肅、哀戚的表情，時而低頭交談，時而擁背安慰哭的雙眼紅腫的Yaya，捧著一束還一束的鮮花向我、向您走來。

我眼睜睜的看著他們小心翼翼的從客廳冷棟櫃抬出您的身體，為您擦拭由您口中不斷流出的紅色汁液，為您化妝穿上之前我和丈夫替您精心挑選的壽衣，看著您頭一次西裝筆挺的從我眼前飛快經過，抬出鮮花簇擁的雪白靈堂，隨親友緩緩朝向屋外路口你告訴過我的可怕公墓前行，再也無法回頭。不知怎地，我就這樣抑制不住的，淚如雨下，一發不可收拾。

（臺中縣文學獎散文類得獎）

後記／感謝我的

回故鄉臺北三年，感謝我的父親和家人在生活上給我全心的鼓舞與協助，感謝好友為我寫序，感謝我唯一的靈感，無條件的提供我豐沛的創作靈思，感謝我的學生為我的小書寫詩，感謝我的愛貓調皮的陪伴，感謝我的讀者，願意翻開《海上的眼淚》，閱讀我書寫的每一篇故事。感謝，我生命中，最美好的時光。

圖／曾湘綾

語言文學類　PG1861　秀文學09

海上的眼淚

作　　者 / 曾湘綾
責任編輯 / 徐佑驊
圖文排版 / 楊家齊
封面設計 / 蔡瑋筠

發 行 人 / 宋政坤
法律顧問 / 毛國樑　律師
出版發行 / 秀威資訊科技股份有限公司
114台北市內湖區瑞光路76巷65號1樓
電話：+886-2-2796-3638　傳真：+886-2-2796-1377
http://www.showwe.com.tw
劃撥帳號 / 19563868　戶名：秀威資訊科技股份有限公司
讀者服務信箱：service@showwe.com.tw
展售門市 / 國家書店（松江門市）
104台北市中山區松江路209號1樓
電話：+886-2-2518-0207　傳真：+886-2-2518-0778
網路訂購 / 秀威網路書店：http://store.showwe.tw
國家網路書店：http://www.govbooks.com.tw

2017年11月　BOD一版
定價：320元

國家圖書館出版品預行編目

海上的眼淚 / 曾湘綾著. -- 一版. -- 臺北市 :
秀威資訊科技, 2017.11
面 ;　公分. -- (語言文學類 ; PG1861)
(秀文學 ; 9)
ISBN 978-986-326-478-1(平裝)

857.63　　106017951

讀者回函卡

感謝您購買本書，為提升服務品質，請填妥以下資料，將讀者回函卡直接寄回或傳真本公司，收到您的寶貴意見後，我們會收藏記錄及檢討，謝謝！

如您需要了解本公司最新出版書目、購書優惠或企劃活動，歡迎您上網查詢或下載相關資料：http:// www.showwe.com.tw

您購買的書名：________________________________

出生日期：________年________月________日

學歷：□高中（含）以下　□大專　□研究所（含）以上

職業：□製造業　□金融業　□資訊業　□軍警　□傳播業　□自由業

□服務業　□公務員　□教職　□學生　□家管　□其它_____

購書地點：□網路書店　□實體書店　□書展　□郵購　□贈閱　□其他

您從何得知本書的消息？

□網路書店　□實體書店　□網路搜尋　□電子報　□書訊　□雜誌

□傳播媒體　□親友推薦　□網站推薦　□部落格　□其他__________

您對本書的評價：（請填代號　1.非常滿意　2.滿意　3.尚可　4.再改進）

封面設計____　版面編排____　內容____　文／譯筆____　價格____

讀完書後您覺得：

□很有收穫　□有收穫　□收穫不多　□沒收穫

對我們的建議：________________________________

____

____

____

請貼
郵票

11466
台北市內湖區瑞光路 76 巷 65 號 1 樓
秀威資訊科技股份有限公司 收
BOD 數位出版事業部

（請沿線對折寄回，謝謝！）

姓　名：＿＿＿＿＿＿＿＿ 年齡：＿＿＿＿ 性別：□女 □男

郵遞區號：□□□□□

地　址：＿＿＿＿＿＿＿＿＿＿＿＿＿＿＿＿＿＿

聯絡電話：(日)＿＿＿＿＿＿＿＿＿ (夜)＿＿＿＿＿＿＿＿＿

E-mail：＿＿＿＿＿＿＿＿＿＿＿＿＿＿＿＿＿＿